Sina Blackwood

DAS GLÜCK SAß AUF DER MAUER
2

Bibliografische Informationen der Deutschen Nationalbibliothek:
Die Deutsche Nationalbibliothek verzeichnet diese Publikation in der Deutschen Nationalbibliografie; detaillierte bibliografische Daten sind im Internet über http://dnb.de abrufbar.

Herstellung und Verlag:
BoD – Books on Demand, Norderstedt
ISBN: 9783759766564

Inhaltsverzeichnis

Die Söhne ihrer Väter

Es ist sieben Jahre her, dass Lea das Weingut der Bertinis übernommen und Schritt für Schritt auf Vordermann gebracht hat. Giovanni lässt ihr freie Hand und ist nur beratend tätig, wenn sie darum bittet. Die wachsenden schwarzen Zahlen sind eindeutige Gütesiegel für Leas hervorragende Arbeit.

Heute gönnen sich beide eine Auszeit, denn sie wollen mit den Familien der engsten Freunde den Schulbeginn ihres Sohnes Giordano und Manueles Sohn Angelo feiern. Oma Klara und Opa Leopold sind natürlich auch aus Deutschland angereist, denen der hochbetagte Mario Rosso, unentbehrlicher Helfer der Familie, als Übersetzer zur Seite steht.

Wie immer folgt Angelo, Dr. Manuele Riccis Sohn, Giordano wie ein Schatten, denn er meint es todernst, Fremdenführer, wie einst Mario, werden zu wollen. Und er spricht schon genau so gut deutsch wie sein Freund Giordano, der zweisprachig aufwächst. Klar, dass er sich erstklassig mit den Minnichs, Leas Eltern, unterhalten kann, die den aufgeweckten Knaben fest ins Herz geschlossen haben.

Einer der Gründe, aus denen ihn Dr. Ricci stets mit nach Deutschland fliegen lässt, zumal man Angelo und seinen Freund Giordano einfach nicht trennen kann.

„Außerdem müssen wir Großen dort auf Benedetta aufpassen", erklärt Angelo stets im Brustton der völligen Überzeugung. Zudem steht für ihn felsenfest, Benedetta eines Tages zu heiraten, wie er es geschworen hatte, als sie noch ein Baby gewesen war.

Die Contis haben sich daran gewöhnt, seit ihre Tochter geboren ist, drei Kinder im Haus zu haben. Benedetta genießt es, zwei große Beschützer an ihrer Seite zu wissen, was die Eltern nicht nur mit Freude erfüllt. Denn ihre Tochter beginnt, sich zu einer kleinen Diva zu entwickeln, die, wenn Mama und Papa es nicht sehen können, all ihre Wünsche mit Hilfe der Knaben durchzusetzen versucht. Sie hat nur nicht mit dem Gerechtigkeitssinn der beiden Freunde gerechnet, die ihr unabhängig voneinander immer öfter Bitten abschlagen, besonders dann, wenn andere unverschuldet das Nachsehen hätten. Dass sie sich jegliche Versuche sparen kann, ihren Bruder und Angelo gegeneinander auszuspielen, begreift sie rasch. Die beiden klären, statt sich zu prügeln, alles in Gesprächen, wie sie es von ihren Eltern gelernt haben.

So, wie sich Angelo vorgenommen hat, der berühmteste Fremdenführer weit und breit zu werden, setzt Giordano alles daran, einmal die

Weinberge seiner Eltern zu übernehmen. Wo es Wissen zu holen gibt, nehmen sie es mit, wie Giovanni es stets voller Zufriedenheit auszudrücken pflegt. Benedetta hingegen scheint an nichts besonderes Interesse zu haben, außer von ihrem Bruder und Angelo hofiert zu werden, wenn immer es geht. Schule betrachtet sie als notwendiges Übel, bemüht sich aber um gute Noten, um sich vor Giordano und Angelo nicht zu blamieren. Mit der Kreativität ihrer Mutter hat sie ebenfalls nichts am Hut. Basteln ist Arbeit. Wenn sie kreativ wird, dann nur beim Flunkern.

So auch an jenem Tag, als die inzwischen neunjährige Benedetta Giordano aufstacheln wollte, indem sie behauptete: „Angelo hat mich zur Hofpause eine dumme Ziege genannt!"

Giordano musste sich das Grinsen verkneifen, als er antwortete: „Dann hat er sicher mehrere Gründe gehabt."

Benedetta blieb regelrecht der Mund offen stehen, weil sie ihr Bruder mit diesen Worten einfach sitzen ließ und sich zu Angelo aufmachte, um mit ihm und einigen Schulkameraden Fußball zu spielen.

„Hat die Prinzessin wieder mal nicht ihren Willen bekommen?", schmunzelte Giovanni, als Benedetta mit finsterem Gesicht durchs Haus trabte.

Lea hob die Schultern. „Scheint so. Ich bewundere die Gelassenheit der Jungen. Sie kann wirklich keinen von beiden provozieren."

„Worum ging es diesmal?"

„Habe ich nicht mitbekommen, werde aber auch ganz bestimmt nicht nachfragen", gab Lea bekannt.

Giovanni nahm sie in den Arm. Lea schmiegte sich mit geschlossenen Augen an ihn. „Alles wird gut", flüsterte er, sanft ihren Rücken streichelnd.

„Wenn du das sagst, glaube ich es", wisperte sie.

Giovanni hob sie hoch und setzte sich mit ihr auf dem Schoß in die Sofaecke des kleinen Salons. „Wir haben immer alles gemeinsam irgendwie zum Guten gewendet. Das werden wir auch diesmal tun, egal ob privat oder im Job."

Lea zog die Nase hoch und schmiegte sich noch fester an.

„Es hat alle hart getroffen, auch die Genossenschaften. Dass meine Weinberge so glimpflich davongekommen sind, grenzt an ein Wunder", erklärte Giovanni leise. „Ich kann dich sehr gut verstehen, ich bin ja genau so frustriert."

„Ja, ich weiß", seufzte Lea. „Du kannst halt besser damit umgehen als ich."

„Versuchen wir, dem verheerenden Hagelsturm etwas Positives abzugewinnen", schlug Giovanni vor. „Dein Weinberg hat von Anfang an Gewinne eingefahren. Du hast Rücklagen. Dein Personal ist hochmotiviert. Das heißt, dein Weingut wird das eine Jahr Verlust wirtschaftlich überleben. Na siehst du, schon lächelst du", freute er sich.

„Ich werde das Areal der Tafeltrauben für Selbstleser freigeben. Ein Obolus von fünf Euro und sie können einsammeln, was noch zu verwerten ist", murmelte Lea. „Da können sich meine Leute über die Trauben zum Vergären hermachen und retten, was noch zu retten ist, ohne sich um das Aufräumen des restlichen Chaos' kümmern zu müssen."

„Fantastische Idee!", rief Giovanni erfreut. „Schlimmeren Schaden, als ihr jetzt schon habt, können die Sammler kaum anrichten."

„Ganz meine Überlegung", erwiderte Lea. „Ein paar kleine Hinweise auf einem Schild, die Reben nicht vorsätzlich zu beschädigen, dürften genügen. Das hat bisher ja auch funktioniert, wo Spaziergänger heimlich naschten. Ach, es ist schon ein Elend, wenn man zusehen muss, wie wenige Tage vor der Ernte alles vom Hagel kurz und klein geschlagen wird."

Giovanni drückte sie noch einmal tröstend an sich, ehe sie ins Büro eilen wollte, um sich mit ihrem Kellermeister und den Winzern abzusprechen.

„Essig! Wir werden Essig aus den unreifen Trauben auf dem Areal genau daneben produzieren! Limitiert, wie alle meine Sonder-Editionen!", rief Lea plötzlich. „Verpackt mit einem Olivenholz-Armband oder einer Tuchspange. Und ich werde Bergkristall-Kugeln zwischen die Holzperlen setzen – als Hagelsturm-Edition. Basta!"

„Das ist genial", flüsterte Giovanni beeindruckt. „Ja, das ist echt genial."

Lea eilte zufrieden lächelnd davon.

Giordano hatte, als das Unwetter niederging, mit geballten Fäusten am Fenster gestanden, immer wieder auf seiner Smartwatch das Regengebiet beobachtet und die Bilder der Livekameras auf Mutters Weinberg gecheckt. Was er vor sich hin murmelte, hatten die anderen nicht wirklich verstanden. Es klang aber wie eine Beschwörung des Wettergotts. Am Ende schlug er die Hände vor das Gesicht und streichelte beim Hinauslaufen Mutters Arm.

„Er ist wahrlich Vaters Sohn", hatte Lea dankbar festgestellt, worauf Giovanni freudig nickte.

Vaters Sohn war Giordano nicht nur charakterlich – auch optisch schien er das glatte Ebenbild zu werden.

„Er ist ein Conti", sagte Lea im Brustton der Überzeugung, denn die Ahnengalerie deutete auffallend darauf hin, dass sich die männlichen Mitglieder der Familie beinahe in jedem Detail glichen. Aus den Chroniken wusste sie, dass diese von Kindesbeinen an mit Herzblut an den Weinbergen gehangen hatten.

Giordano steckte bevorzugt zwischen Mutters Reben, weil das Weingut praktisch vor der Haustür lag. Der Kellermeister hatte sich schnell daran gewöhnt, hin und wieder einen kleinen Schatten zu haben, der meist nur stumm beobachtete, was mit den Trauben geschah. Er fühlte sich dadurch keineswegs überwacht, was er auch Lea auf ihre besorgte Nachfrage erklärte. „Früh krümmt sich, was ein ordentlicher Haken werden will", schmunzelte er. „Wenn er Dinge anspricht, die ihm Kopfzerbrechen bereiten, schaue ich genau da lieber zwei Mal hin. So hat er auch als Erster die Rebläuse entdeckt, ehe sie sich auf mehrere Pflanzen ausbreiten konnten."

„Darüber hat er gar nichts erzählt", staunte Lea.

Der Kellermeister lachte. „Es ist ‚sein' Berg, da ist es für ihn offenbar ganz normal, Hand anzulegen und Schaden abzuwenden."

Die Beobachtungen der Contis, wie er auf das Unwetter reagiert hatte, bestätigten das.

Auf dem Weg zum Fußballplatz fragte Giordano plötzlich Angelo: „Hast du meine Schwester wirklich eine dumme Ziege genannt?"

Der schaute ihn völlig verdattert an. „Ich hab was?!"

Giordano winkte ab. „War ja klar, dass es nicht stimmt."

„Jetzt hätte sie es zumindest verdient, über sowas nachzudenken", grollte Angelo.

Giordano lachte und wiederholte seine Antwort an Benedetta, worauf sich beide breit angrinsten und das Thema abhakten.

Am Fußballplatz blieben sie stehen, die wenig einladende Matschfläche mit zusammengezogenen Augenbrauen betrachtend.

„War wohl nix", murmelte Angelo. „Und nun?"

„Wir könnten rüber zum Berg fahren und ein paar Trauben für zu Hause sammeln", schlug Giordano vor.

Angelos Miene hellte sich auf. „Klingt gut."

Giordano zückte sein Handy. „Ich frag mal nach."

Augenblicke später hatte er die Genehmigung seiner Mutter, die auch den Winzern Bescheid gab, beide sammeln zu lassen, soviel sie mochten. Die Verhaltensregeln beherrschte Giordano im Schlaf, Angelo werde sich strikt daran halten, was ihm sein Freund erklärte.

Der schaute mit völligem Entsetzen schon aus dem Bus heraus den verwüsteten Weinberg an. „Ach du großer Gott! Das ist ja viel schlimmer, als ich es mir bei den Nachrichten im Fernsehen vorgestellt hatte! Ist hier überhaupt noch was zu retten?"

„Nicht viel", erwiderte Giordano bedrückt, „obwohl ich sicher bin, dass meine Ma einen Weg findet, irgendwas aus dem Chaos machen zu können."

Angelo nickte. „Ja, sie ist genial. Das sagt auch mein Vater. Er lauert in jedem Jahr, was sie sich für die Palio-Editionen einfallen lässt. Oder für Weihnachten."

Beide nahmen jene Kunststoffbeutel aus den Rucksäcken, welche für die schmutzigen Fußballschuhe vorgesehen waren, und begannen vorsichtig, die einzelnen an den Rebstöcken hängenden Weinbeeren zu pflücken.

Eine halbe Stunde später kamen mehrere Winzer, begrüßten die Freunde und sammelten zwei Reihen neben ihnen ebenfalls ein, was noch verwertbar war. Aus den Unterhaltungen der Männer erfuhren die Jungen, dass Mutti Lea vorhatte, in kleinen Mengen Essig zu produzieren.

„Der hat keinen Alkohol", überlegte Giordano laut, Angelo bedeutsam anschauend.

Dieser wusste sofort, was sein Freund meinte, nickte heftig und rieb sich die Hände. „Wieder was Ungewöhnliches, wo die anderen lange Gesichter bekommen werden."

Als nichts mehr in die Rucksäcke passte, ohne zerquetscht zu werden, verabschiedeten sich die beiden von den Winzern und begaben sich nach

Hause, wobei Giordano auf dem Weg von der Bushaltestelle zum Wohnhaus immer schneller wurde. Ihm brannte eine Idee auf den Nägeln, die er seinen Eltern rasch mitteilen, aber sicher sein wollte, dass niemand mithörte.

Er rannte die Treppe hinauf, zog Schuhe und Jacke aus, trug den vollen Traubenbeutel in die Küche und rief, so dass es in der ganzen Wohnung schallte: „Ich habe eine Idee!"

Mutter Lea nahte aus dem kleinen Salon, Vater Giovanni aus der Bibliothek.

„Ich habe eine Idee!", wiederholte Giordano atemlos. „Ich habe auf dem Berg gehört, dass ihr Essig machen wollt. Und weil da kein Alkohol drin ist, könnte man den doch zu Weihnachten mit einem Kinderspielzeug verkaufen. Mit einem Perlenpüppchen oder so einer Blüte zum Anstecken, wie Mama für Angelos Schwestern gebastelt hat, zum Beispiel. Und Tiere als Handyanhänger für die Größeren, kann man sich ja auch um den Hals bammeln, weil sie wunderschön sind."

„Das ist grandios! Winzige Herzchen mit Karabiner als Anhänger für Charmarmbänder, wären auch möglich.", flüsterte Lea, nach einem schnellen Blickwechsel mit Giovanni, dem der Stolz auf Giordano aus dem Gesicht leuchtete.

„Ich habe nicht telefoniert, damit niemand die Idee klauen kann. Angelo petzt es ganz bestimmt nicht aus", gab Giordano noch bekannt, einmal tief durchatmend, um nun endlich zur Ruhe zu kommen.

„Hast du gut gemacht", lobte Giovanni.

Manuele rief an, um sich für die Weintrauben zu bedanken, wobei er gleich mit nachfragte, wie er ihnen in der momentanen Situation helfen könne.

„Wir haben die Schockstarre überwunden", erklärte Giovanni. „Mutter und Sohn haben sich konspirativ zusammengetan, um das kleine Licht am Ende des Tunnels nicht aus den Augen zu verlieren."

„Oh, dann gutes Gelingen. Angelo scheint schon überzeugt zu sein, dass ihr was Grandioses aus dem ganzen Schlamassel machen werdet."

„Na, da wollen wir ihn auch nicht enttäuschen", lachte Giovanni vergnügt.

Am dritten Tag der Katastrophen-Lese konnten die Winzer endlich eine Prognose wagen, wie viele Liter Essig es mindestens werden würden. Lea plante Flaschen, Etiketten und was noch in die Beutel kommen werde.

Kurz vor dem Mittag meldete sich Antonio bei ihr. „Du solltest vorsichtshalber eine neue Firma für den Essig anmelden. Sicher ist sicher."

„Ich bin jetzt nicht wirklich überrascht", seufzte sie. „Giovanni hatte mich vorgewarnt. Kannst du bitte ..."

Weiter kam sie nicht, da schmunzelte Antonio auch schon: „Bin in einer halben Stunde bei dir, um die nötigen Unterschriften einzuholen."

Giovanni hob mit breitem Grinsen die Schultern. „Er ist einfach der Beste. Ich bestelle gleich mal Mittag für sechs Personen per Lieferservice."

Lea küsste ihn zärtlich. „Du bist auch der Beste. Ich liebe dich."

Giovanni lächelte stumm, sie fest an sich drückend. Sie war nach so vielen Jahren noch immer der eine Baustein, der sein Leben erst komplett machte.

Die Erwachsenen brüteten im Büro über den Formularen, als die Kinder aus der Schule kamen. Giovanni bemerkte in den Bildern der Überwachungskameras, dass Angelo fehlte, der normalerweise immer mit bei ihnen aß, zusammen mit den beiden anderen die Schulaufgaben löste, ehe er nach Hause ging. Benedetta trabte mit finsterem Gesicht einen Schritt hinter Giordano her. Antonio grinste, eine Hand schüttelnd, als habe er sich verbrannt.

„Das geht seit Tagen so", seufzte Lea. „Und keiner der drei lässt irgendeine Bemerkung fallen. Mich irritiert allerdings, dass Angelo nicht bei ihnen ist."

Giovanni war schon dabei, ein Gedeck beim Lieferservice abzubestellen. „Puh, gerade noch zur rechten Zeit", rief er.

Antonio packte die Papiere zusammen, welche trotz der Onlineanmeldung der neuen Firma eingereicht werden mussten. Lea beeilte sich, die Tafel im kleinen Salon zu decken.

„Hallo, Onkel Antonio", strahlte Giordano beim Anblick des Rechtsanwaltes, gern die feste Umarmung erwidernd.

Benedetta wirkte fast verschüchtert, als er ihr blinzelnd auf die Nase tupfte. Lea und Giovanni hoben für einen Wimpernschlag die Augen. Da klingelte es, Lea ließ die Servicemitarbeiter des Restaurants ein und schloss die Tür, als sie gegangen waren.

Jetzt erst sagte Giovanni: „Heute ohne Angelo? Was ist passiert?"

Benedetta schaute zu Boden, während ihr Bruder mit einer Kopfbewegung auf sie antwortete: „Fragt am besten die Märchenerzählerin."

Antonio pfiff erstaunt durch die Zähne. Harte Worte.

„Vier Tage dürften ja wohl reichen, um auf eine Entschuldigung zu warten", fügte Giordano hinzu, sich an den Tisch setzend.

Benedetta senkte den Kopf und schaute ihn an, als müsse sie gleich weinen.

„Das zieht nicht mehr", erklärte Giordano. „Löffle die Suppe selber aus, die du dir eingebrockt hast. Ich bin dein Bruder, nicht dein Lakai."

„Ohhhaaa", rutschte es Antonio heraus. Wenn der ruhige Giordano so reagierte, musste sich Benedetta eine wirklich große Dummheit geleistet haben.

„Ich schätze, es ist eine Angelegenheit, die ihr selber klären könnt", merkte Giovanni an, allen einen guten Appetit wünschend.

Giordano nickte einmal kurz, Antonio kaum merklich. Auch in solchen Dingen war der Sohn das ganze Abbild seines Vaters. Der hatte ebenfalls von klein auf, alles ruhig und besonnen selber geregelt. Lea tauschte einen langen Blick mit Giordano, der sie beruhigte und ihm zu verstehen gab, richtig zu handeln. Die Allüren der Prinzessin schrien hin und wieder regelrecht nach einem Dämpfer. Dass sich Angelo nicht auf der Nase herumtanzen ließ, und sie nun sogar durch Abwesenheit strafte, war ein neues Level.

Giordano ließ sich mit verklärtem Blick die Tagliatelle mit Steinpilz-Sahne-Soße schmecken. Er wusste, dass dies das absolute Lieblingsessen seiner Mutter war, das meist auf den Tisch kam, wenn sie etwas Besonderes zuwege gebracht hatte. Beim Pistazienpudding-Dessert wandte er sich an Antonio: „Du bist sicher wegen des Hagelschadens hier."

„Richtig", gab der freimütig bekannt. „Wegen einiger kleiner Feinheiten, damit deine Mama ganz beruhigt eure gemeinsamen Ideen umsetzen kann."

„Ahhh, prima. Ja, das ist richtig gut", murmelte Giordano zufrieden.

Benedetta riss die Augen auf. Sie hatte in den Gesprächen einiger Erwachsener aufgeschnappt, dass ihr Bruder bereits als junger Herr des Weinberges ihrer Mutter agierte, das aber als völlige Übertreibung abgetan. Wenn ein Rechtsanwalt dies hier soeben bestätigte, dann sollte sie das wohl sehr ernst nehmen. Genau so ernst wie die Worte Giordanos, der, so wusste sie als seine Schwester, noch nie gelogen hatte. Ganz im Gegensatz zu ihr.

„Du darfst es gern schon weitertragen, dass deine Ma eine limitierte Weihnachtsedition Essig mit Beipack auch für Kinder vorbereitet", hörte sie Onkel Antonio zu Giordano sagen, worauf ihre Augen geradezu riesig wurden. Ihr Bruder war noch nicht mal ganz 13! „Du darfst es natürlich auch den anderen erzählen", blinzelte ihr Antonio zu. Benedetta nickte stumm, aber mit einem erfreuten Lächeln.

Sie ahnte nicht, welche Privilegien sich ihr Bruder durch seine ruhige und besonnene Art noch erarbeitet hatte. Er war über den jahrhundertealten Geheimgang zwischen Wohnhaus und Garage in Kenntnis gesetzt worden, nutzte ihn rege, wenn er schnell in den unteren Bereich des Wohnviertels gelangen wollte, und schwieg wie ein Grab jedem gegenüber.

Selbst Angelo blieb außen vor, weil niemand Giordano ermächtigt hatte, Ausnahmen zu machen. Giovanni hatte am Anfang stichprobenartig die Überwachungsvideos gecheckt, festgestellt, dass sein Sohn peinlichst genau alle Absprachen einhielt und sich diese Mühe schließlich mit ruhigem Gewissen gespart. Giordano stand immer zu seinem Wort.

Pech zu Gold machen

„Ich gehe zu Angelo wegen der Hausaufgaben", erklärte Giordano, als die Tafel aufgehoben wurde.

„Nimmst du mich bitte mit?", fragte Benedetta zaghaft und setzte auf seinen skeptischen Blick rasch hinzu: „Ich ... ich habe etwas zu erledigen."

„Wenn ihr wollt, fahre ich euch rüber", erbot sich Antonio. „Es liegt direkt auf meiner Strecke."

„Super! Wir raffen nur schnell zusammen, was wir brauchen!", freute sich Giordano, mit Benedetta davon eilend.

„Sieht nach einem Versuch aus, sich entschuldigen zu wollen", überlegte Lea laut.

„Das denke ich auch", bekam sie völlig synchron von den Männern zur Antwort, was sie schmunzeln ließ. Schließlich begab sie sich in ihre Werkstatt, wo sie die Materialbestände checken und die ersten Perlenblüten fertigen wollte. Die Liste der benötigten Werkstoffe wuchs um einige Positionen, sodass sie beschloss, sofort die Bestellungen aufzugeben, ehe es zu Engpässen kam. Die Bergkristallkugeln orderte sie telefonisch, um sicher zu sein, keine milchigen Perlen zu bekommen.

Antonio hatte inzwischen die Kinder bei Familie Ricci abgesetzt, wo sich beide Angelo anschließen wollten, um die Hausaufgaben abzuarbeiten. Kaum war die Zimmertür geschlossen, zupfte Benedetta Angelo am Ärmel. Der schaute sie, Giordano mit einem kurzen Blick streifend, fragend an.

„Ich ... ich ... habe Giordano angeschwindelt", murmelte sie.

„So? Und das sagst du mir, statt ihm?", antwortete Angelo belustigt.

„Weil ... weil ... weil ..." Benedetta wand sich wie eine Schlange, während Giordano innerlich grinste. „Weil ich gelogen habe, du hättest Ziege zu mir gesagt", flüsterte Benedetta, die Nase hochziehend und puterrot anlaufend zu Boden schauend. „Ich werde es bestimmt nicht wieder tun!"

„Entschuldigung angenommen. Gib aber nur Versprechen, die du auch einhalten kannst", fügte Angelo sehr ernst hinzu, worauf Benedetta kaum merklich nickte. Wie viel Überwindung es die Kleine gekostet hatte, es in Anwesenheit ihres Bruders zu tun, war offensichtlich. Der werde sie auch stets daran erinnern.

Benedetta unterließ es heute sogar, die beiden vorschnell um Rat zu fragen, weil sich die Hausaufgaben durch Denken mit eigenem Kopf bestens lösen ließen. Die zufriedenen Blicke der beiden Freunde bemerkte sie nicht.

Als die Schulsachen in den Rucksäcken verstaut waren, kredenzte ihnen Angelos Mutter selbstgemachtes Weintrauben-Eis.

„Ist das lecker!", strahlte Giordano. „Du bist eine echte Künstlerin, Tante Gianna."

Gianna lachte herzlich. „Angelo hat so viele Trauben angeschleppt, dass ich mir was einfallen lassen musste, ehe sie verderben, denn Saft von euren Gütern haben wir ja kistenweise im Keller. Seine Geschwister sind nur selten zu Hause, wie du ja weißt. Da habe ich eben rasch meine eigene Art der Hagelschlag-Edition kreiert. Ich denke, Manuele wird sie auch mögen."

„Davon bin ich überzeugt!", rief Giordano mit leuchtenden Augen. „Und ich hoffe sehr, dass meine Ma wieder richtig für Furore sorgt."

„Davon bin ich überzeugt", blinzelte Gianna, ‚ich' besonders betonend.

Sie brachte Benedetta und Giordano mit dem Auto nach Hause, weil es gerade wieder zu regnen begann und sie noch ein Schwätzchen mit Lea halten wollte.

„Ich bereite das Abendbrot vor!", rief ihr Angelo hinterher, ehe sie die Tür ins Schloss zog.

„Ich auch", schmunzelte Giordano. „Unsere Eltern haben im Augenblick genug andere Sorgen. Zudem bricht mir keine Zacke aus der Krone, wenn ich im Haushalt helfe."

Gianna grinste vergnügt. Angelo sah das ganz genau so. Und nicht erst, seit die älteren Geschwister flügge geworden waren. Benedetta zog den Kopf ein. Mit im Haushalt helfen, hatte sie nicht viel am Hut. Wobei sie sich stets durch den Gedanken beruhigte, wenn sie sich ins gemachte Nest setzte: Giordano hat's ja schon erledigt.

„Ich möchte wirklich wissen, wie du mal einen Haushalt führen willst!", brummte der hin und wieder verstimmt. Irgendwann sogar einmal recht laut beim Abendbrot.

„Kann ich dir sagen. Sie wird abwarten, bis Angelo mit der Küchenarbeit fast fertig ist und bestenfalls den Geschirrspüler eigenhändig anschalten", witzelte Giovanni, auf den alten Schwur Angelos, Benedetta heiraten zu wollen, anspielend.

Benedetta wagte nicht, etwas zu erwidern, aber das finstere Gesicht sprach Bände. Angelo wirkte unbefangen, als habe er den Wortwechsel gar nicht vernommen. Wenn er mit ihr allein war, wurde Benedetta fast handzahm. Es bestand also ein Funken Hoffnung, die Hausarbeit eines Tages nicht allein machen zu müssen.

Giordano fungierte vor Feiertagen als Wichtel der besonderen Art für die Familie, weil sich die Prinzessin vor jedweder Hilfe im Haushalt drückte. Er werkelte mit Inbrunst in der Küche und zwischendurch faltete er Verpackungen, weil Lea mit Kinderschmuck-Bestellungen für die Feste regelrecht zugeschüttet wurde. Denn seit der ersten Essigedition mit Beiwerk für die Kleinen erfreuten sich diese limitierten Auflagen wachsender Beliebtheit und der Schmuck solo sowieso.

„Schimpfen zwecklos", gab er bekannt, wenn sie sich Sorgen machte, er könne zu wenig Freizeit haben, weil morgens öfter ein ganzer Stapel Etuis fix und fertig in der Werkstatt stand.

Giovanni hob hilflos die Hände. „Er versteht es als seine Pflicht, die Familienunternehmen, die er eines Tages übernehmen wird, mit ganzer Kraft zu unterstützen. Mach dir keine unnötigen Gedanken."

Manchmal faltete Angelo kurzerhand mit, weil er auch dabei mit Benedetta und Giordano schwatzen konnte. Dass danach die beiden bienenfleißigen Freunde die besten Stücke vom Braten bekamen, war ein ungeschriebenes Gesetz. Benedetta verkniff sich Proteste, seit Giordano grinsend erklärt hatte: „Kann man sich erarbeiten. Es steht bei zehn zu hundert Schachteln."

Als die jungen Männer ihr Studium begannen, widmete Angelo Benedetta auch weiterhin jede freie Minute. Ob Kinobesuch oder stilvolles Dinner bei Kerzenschein, er zog immer neue Register, um die Wochenenden zu besonderen Erlebnissen werden zu lassen. Bis er dann im letzten Studienjahr plötzlich immer seltener zu den Contis nach Hause kam und meist gleich wieder ging. Benedetta tat, als bemerke sie es nicht. Giovanni sprach schließlich Giordano an, weil er sich keinen Reim auf das Ganze machen konnte.

„Ich habe keine Ahnung, was läuft oder nicht mehr läuft", gab der bedrückt zurück. „Aber wenn es sogar euch schon aufgefallen ist, werde ich versuchen, es herauszufinden, denn Angelo hält sich auch mir gegenüber diesbezüglich verschlossen wie eine Auster. Es gibt allerdings nicht nur an der Uni Gerede, wonach Benedetta nicht nur ein Mal mit einem anderen gesehen worden sei. Klar, dass Angelo darüber nicht in Freudentaumel ausbricht. Dass er seine Befindlichkeiten nicht breit trägt, ist allgemein bekannt. Ich werde ihn morgen vor der Uni abfangen, denn meine Vorlesung ist eher beendet."

Giovanni nickte dankbar.

Sieg auf ganzer Linie

„Willst du reden?", fragte Giordano, als Angelo mit geradezu versteinerter Miene die Uni-Treppe herunter kam.

Ein stummes Kopfschütteln mit trübem Gesicht. Auf den skeptischen Seitenblick seines Freundes schüttelte er noch einmal den Kopf.

„Ich will kein Seelentrampel sein, aber ich fürchte, es ist wegen des Gerüchtes", raunte Giordano, weil mehrere andere ebenfalls die Stufen herabstiegen.

Angelo zog ihn am Arm genau so wortlos hinter einen Mauervorsprung. „Es ist kein Gerücht", wisperte er, nur mit den Augen dahin deutend, wo Benedetta mit Pietro turtelnd und Händchen haltend das Hochschulareal verließ.

Giordano starrte mit offenem Mund hinterher. „Scheiße!", rief er dann völlig entsetzt und wenig gentlemanlike.

„Du sagst es." Angelo schluckte. „Du wirst sicher verstehen, dass ich in den nächsten Tagen gar nicht zu euch nach Hause kommen möchte."

Diesmal nickte Giordano. „Dass sie dir das so kurz vor den Abschlussprüfungen antut, ist der Gipfel. Ich komme mit zu dir rüber." Er zog das Handy hervor, um Lea Bescheid zu geben, dass sie beide nicht mit zu Abend essen würden.

„Hast du eine Ahnung, was der Auslöser sein könnte?", fragte er leise.

„Habe ich. Es war vor etwa einem halben Jahr", begann Angelo zu erzählen, „als sie ziemlich offensichtlich mehr als nur Küsschen und harmlose Zärtlichkeiten im Kino haben wollte. Ich habe ihr deutlich gesagt, dass ich genau das nicht tun werde. Sie war noch nicht mal 18, zudem nicht irgendeine, sondern die Tochter einer der respektabelsten Familien Sienas. Viele Gründe, solch eine Dummheit nicht mal in Erwägung zu ziehen. Kurz darauf fing sie an, zuerst nur, um mich eifersüchtig zu machen, Pietro schmachtende Blicke zuzuwerfen, der natürlich postwendend darauf reagierte. Ein weiterer Punkt ist, dass sie meine Lebenspläne als nicht lukrativ genug empfindet, obwohl sie gar nicht ermessen kann, was ich wirklich vorhabe. Als sie schließlich immer öfter irgendwo zusammen mit ihm gesehen worden ist, habe ich ihr ein Ultimatum gestellt, sich zu entscheiden."

„Warum hast du nie was gesagt?", staunte Giordano.

„Ich wollte nicht, dass du sie dann vielleicht unter Druck setzt. Wenn sie meint, mit ihm glücklich werden zu können, will ich nicht im Weg stehen. Ich habe ihr also gestern mitgeteilt, dass ich mich zurückziehe. Ende vom Lied." Angelo ließ Giordano den Vortritt in den Bus.

„He, he, was ist denn jetzt los?", rief Gianna erstaunt, als Giordano mit auftauchte. „Welcher Wind treibt euch plötzlich hierher?"

„Unaufschiebbare Männergespräche", blinzelte er, Angelos Mutter herzlich begrüßend. „Also zwei Teller mehr", schmunzelte sie, das Abendbrot ein wenig umplanend.

„Wer ist dieser Pietro eigentlich?", wollte Giordano von Angelo wissen.

„Die größte Null der ganzen Stadt", schnaufte Angelo. „Seinen Eltern gehört die Schuhfabrik."

Giordano fasste sich an den Kopf. „Keine weiteren Erklärungen nötig. Der ist nicht nur unterste Schublade, sondern darin noch hinterster Winkel."

„Richtig!", bestätigte Angelo finster. „Damit möchte ich dieses Gesprächsthema auch endgültig beenden. Wenn du dein Wissen, deinen Eltern mitteilen möchtest, hast du meine Genehmigung. Nur mit der Bitte, es Benedetta nicht spüren zu lassen, dass sie informiert sind."

„Die Forderung erfülle ich in jedem Punkt", schwor Giordano.

„Meine Abschlussarbeit wächst Tag um Tag um ein paar Zeilen. Jetzt kann ich Schriftsteller verstehen, die sagen, für jede geschriebene Seite seien 400 Seiten Recherche nötig", erzählte Angelo mit zufriedenem Lächeln. „Ich habe zudem beschlossen, keine der winzigen Kneipen zu übernehmen, sondern strecke meine Fühler nach einem kleinen oder mittelgroßen möglichst historischen Hotel aus, wo ich meinen Lebenstraum verwirklichen kann. Ich werde also am Samstag mit deinem Vater ein Gespräch führen, weil ich auch finanziell etwas Starthilfe für eine größere Immobilie brauchen werde. Mein Vater hat mir Unterstützung zugesagt, nur sind wir eben drei Geschwister."

„Unter dem Hintergrund, ein Hotel beliefern zu können, sind die Gelder für uns doch gleich noch lukrativer planbar", gab Giordano mit genüsslichem Grinsen bekannt.

Angelo grinste zurück.

Giordano trabte auch gleich nach dem leckeren Abendbrot heim, um mit seinen Eltern ein sehr ausführliches Gespräch zu führen, das fast bis Mitternacht dauerte. Giovanni krallte die Finger ineinander, Lea ihre um die Tischkante, weil sie glaubte, in halber Ohnmacht gleich vom Stuhl zu fallen. Der absoluten Beherrschung Angelos in den letzten Tagen, zollten sie tiefsten Respekt.

„Nicht wirklich verwunderlich, dass er rein privat im Augenblick nicht hier erscheinen will", murmelte Giovanni bedrückt. „Umso mehr freue ich mich auf das geschäftliche Gespräch, das er durch dich ankündigen lässt."

„Weißt du mehr?", fragte Lea.

„Ja, aber ich habe nicht nach einer Genehmigung gefragt, es ausplaudern zu dürfen", lächelte

Giordano breit. „Er wird euch seinen Plan in allen Punkten vorstellen. Nur so viel: Ich finde diesen grandios."

„Jetzt bin ich richtig neugierig", seufzte Lea. „Aber bei Angelo kann es nur ein ganz großer Erfolg werden. Der kniet sich rein, wenn was gelingen soll."

„Damit alles perfekt wird, nimmt er sich auch Antonio für das Rechtliche und sämtliche Verträge, die nicht mit uns zu tun haben", erklärte Giordano, ohne damit Geheimnisverrat zu begehen.

„Und für uns?", blinzelte Lea.

„Genügt ein Handschlag!", gab Giordano zutiefst überzeugt zurück.

Als Angelo am Samstag gegen 10 Uhr im Hause Conti erschien, wurde er von Lea und Giovanni mit festen Umarmungen empfangen. „Komm ins Allerheiligste", bat Giovanni, ihn in die Firmenzentrale führend.

„Da nicht zu erwarten ist, dass ich meinen Master-Abschluss wirklich in den Sand setze", begann Angelo lächelnd, „habe ich ein Konzept erarbeitet, wie es weitergehen könnte. Ich sage bewusst: Könnte, denn es kommt darauf an, welche Immobilie ich für meinen Plan erwerben kann. Und weil ich zu Banken nicht uneingeschränkt Vertrauen habe, möchte ich euch um finanzielle Unterstützung bitten." Er legte die angefertigten Szenarien auf den Tisch, die denkbar erschienen.

Giovanni und Lea lasen gemeinsam die Konzepte durch, stellten hin und wieder eine Frage, schauten sich die Berechnung mehrmals gründlich an und kamen zu dem Schluss, dass seine Vorhaben weder utopisch noch weltfremd waren.

„Ich habe da so ein Gerücht im Kopf ...", überlegte Giovanni laut. Er hob den Zeigefinger, stand auf, schritt mehrmals die gesamte Länge seines Büros ab und kramte ein Wirtschaftsmagazin aus der Region hervor. „Manchmal nicht übel, Papierkram statt elektronischer Meldungen zu bekommen. Die hätte ich nämlich schon lange als für mich uninteressant gelöscht. Schau mal hier! Das Campo Regio schreibt rote Zahlen und soll zum Verkauf stehen. Die Meldung ist zwei Wochen alt, also beinahe taufrisch. Mit einem ordentlichen Konzept, wie du es hast, könnte man das Geschäft wieder zum Laufen bringen. Und wir hätten einen neuen Abnehmer in exponierter Lage."

Er reichte Angelo das aufgeschlagene Heft, der die Meldung geradezu mit den Augen verschlang.

„Nimm es mit, ich fotografiere nur rasch den Artikel für meine Planungen", bot er an. Dann fasste er zum Telefon. „Grüß dich, Antonio, kannst du 13 Uhr zum Geschäftsessen in der

Enothek sein? Passt? Hervorragend!" Sich die Hände reibend, an Angelo gewandt: „Da machen wir doch gleich Nägel mit Köpfen und fallen dem Inhaber mit einem Kaufantrag mit der Tür ins Haus."

„So überzeugend sind meine Pläne?", stotterte Angelo leicht geschockt.

Beide Contis nickten stumm.

„Da sich die Verhandlungen ziehen werden, hast du auch den Abschluss in der Tasche, wenn eine Übernahme spruchreif wird", merkte Giovanni an.

„Wie stehen die Aktien?", fragte Giordano sofort, als die drei das Büro verließen.

„So, dass wir alle uns jetzt in der Enothek mit Antonio zum Geschäftsessen treffen. Angelo ist schon perfekt gekleidet, wir passen uns sofort an. Ab, an die Kleiderschränke!", witzelte Giovanni, mit langen Schritten davon eilend.

Giordano machte auch auf dem Absatz kehrt, während sich Angelo amüsiert kopfschüttelnd in den kleinen Salon setzte. Er nahm noch einmal das Magazin zur Hand, um erneut den Artikel zu lesen, der solche Emotionen heraufbeschworen hatte. Ein Haus am allerbesten Platz. Uralt, mit Geschichte und Geschichten. Er orderte kurzerhand ein Taxi, damit auch Giovanni ein Glas Sekt auf gute Nachrichten mittrinken konnte.

Der dankte herzlich, für die Idee. Dass die Fahrt ausgerechnet Marcello, der heimliche

Haus-und-Hofchauffeur der Contis, bekommen hatte, sahen alle als gutes Omen.

Antonio nahte ebenfalls per Taxi. „Die Rechnung geht auf mich!", rief Angelo sofort.

„Ah ja", murmelte Antonio überrascht. „Da ahne ich doch fast, worum es heute gehen wird. Was ist dein Begehr?", fragte er sofort Angelo, als alle Platz genommen hatten.

„Dieses Haus", antwortete der kurz, ihm das geöffnete Magazin reichend.

Der Anwalt pfiff durch die Zähne, Angelo nun doch mit großen Augen musternd. Nach einem kurzen Blick in die Runde merkte er an: „Wie es aussieht, seid ihr euch untereinander schon einig und Onkel Antonio muss dem dicken Fisch nur noch den Köder vors Maul halten."

„Darauf läuft es hinaus", schmunzelte Angelo. „Am Ende geht auch die Rechnung auf mich, obwohl sie wohl erst mal ein anderer bezahlen wird."

Giovanni lachte herzlich.

„Das bedeutet unterschwellig, ich muss den Preis zu drücken versuchen, damit er zum Studentensalär passt", grinste Antonio.

„Wenn das auch noch dabei rauskäme, wäre es der Hammer", erwiderte Angelo treuherzig. „Ich werde in den nächsten drei Tagen mein Konzept auf genau dieses Haus passend umarbeiten, denn ich habe erst vor zwei Stunden durch Giovanni davon erfahren."

„Na, dafür sind deine Papiere aber schon äußerst gut durchdacht!", lobte Antonio. „Ich werde am Montag gleich morgens dem Makler meine erste Aufwartung machen."

„Uns ist in vielerlei Hinsicht daran gelegen, dass Angelo das Häuschen bekommt", gab Giovanni bekannt.

Warum Benedetta bei Geschäftsessen fehlte, wusste Antonio. Er ahnte aber nicht, was Angelo in den letzten Wochen widerfahren war. Zumal Giovanni, Lea und Giordano wie eine Wand hinter diesem standen.

„Haben Sie einen Termin?", fragte die Sekretärin am Montagmorgen Antonio verunsichert, als der mit strahlendem Lächeln grüßte und zum Chef persönlich wollte.

„Nein. Bitte melden Sie ihm, Dr. Antonio Carrara ersuche um ein Gespräch."

Der Name schien nicht unbekannt zu sein, denn sie tippte eine Meldung ein, dann öffneten sich auch schon die Türen zur Chefetage.

„Dr. Carrara, was verschafft mir die zeitige Ehre?", wurde er sofort gefragt.

Antonios Lächeln wurde noch eine Spur breiter. „Sie haben etwas, das ich für meinen Klienten möchte. Es geht um das Campo Regio."

„Sie sind nicht der Erste", bekam er zur Antwort. „Aber Sie haben Glück, dass ich Verhandlungspartner aus der eigenen Stadt bevorzuge. Mein Klient möchte nämlich, dass der neue Besitzer aus der Region kommt und sich, für diese einzusetzen bereit ist."

„Na, welch ein Zufall!", erwiderte Antonio. „Mein Klient ist hier geboren, lebt hier, wirkt bereits hier für den Tourismus und hat ein Konzept, das im Interesse ihres Klienten sein dürfte." Er zog die schmale Mappe aus der Tasche, welche er seinem Gegenüber reichte. „Seine Referenzen finden Sie ebenfalls in diesem Ordner. Ich möchte Ihnen danken, dass Sie sich die Zeit genommen haben, obwohl ich so kühn war, ohne Termin vorzusprechen."

„Sie hören von mir!", versprach der Makler, Antonio zur Tür begleitend.

„Er hat mich empfangen und sogar bis zum Ende angehört", gab Antonio noch aus dem Auto heraus Angelo Bescheid. „Ich könnte wetten, dass er sich sofort auf deine Mappe gestürzt hat, als die Tür zu war. Seine Rede von mehreren Bewerbungsrunden macht mir keine Sorgen. In seinem Gesicht ging doch schon die Sonne auf, als ich anmerkte, du seist bereits für den Tourismus tätig. Mein festes Daumendrücken ist dir gewiss."

„Ich danke dir von ganzem Herzen", atmete Angelo auf.

Natürlich bekam auch Giovanni Bescheid, der ahnte, dass Antonio nun recherchieren werde, wer die anderen Kaufinteressenten waren. In den nächsten Tagen blieb Angelo keine Zeit, sich weiter Gedanken zu machen, die Abschlussprüfungen forderten seine ganze Aufmerksamkeit. Giordano ging es nicht anders. Mehr als ein schneller gemeinsamer Espresso war für die beiden Freunde jetzt nicht drin. Sie strebten Bestnoten an und da musste alles andere zurückstehen.

Als sie ihren Masterabschluss in der Hand hatten, luden sie ihre Familien und natürlich die beiden Carraras ins Mugolone ein. Inzwischen waren auch alle anderen detailliert informiert und gebeten worden, keinerlei Fragen oder Bemerkungen zum Beziehungsstatus von Benedetta und Angelo von sich zu geben. Für Gianna und Manuele war eine Welt zusammengebrochen, genau wie für Lea und Giovanni.

Nur Antonio schien schon wieder mehr zu wissen, wie sein undefinierbares Mona-Lisa-Lächeln verriet. Im Gegensatz zu Benedetta, die buchstäblich wie ein Frosch auf der Gießkanne am Tisch saß, fühlte sich Angelo in keiner Weise unwohl. Er ignorierte sie nicht, sprach sie aber auch nicht an. Mit Lea und Giovanni lachte er genau so herzlich, wie er es immer getan hatte.

Zwei Tage später strebte Angelo im dunkelgrauen Geschäftsanzug, den Aktenkoffer in der Hand, dem Kongresszentrum entgegen, wo sein Anwalt Dr. Antonio Carrara bereits bei einem

Espresso in einem Sessel saß. „Entspanne dich", schlug dieser vergnügt blinzend vor, worauf sich Angelo ebenfalls einen Espresso aus dem Automaten zog.

„Offenbar hast du alle Daten bekommen", stellte er mit forschendem Blick fest.

„Die und noch ein bisschen mehr", verriet Antonio, wobei sich das Lächeln in ein breites Grinsen verwandelte. „Du bist nicht der einzige Top-Interessent. Nur schätzt man dich um Längen seriöser ein, als die anderen Kandidaten."

„Weil man weiß, wer mein Anwalt ist?", grinste Angelo zurück.

„Das macht nur ein Prozent aus." Antonio lachte herzlich, den letzten Schluck trinkend.

Augenblick später führte man sie ins Büro des großen Chefs der Immobilienfirma, der sie wohlwollend begrüßte. „Ich möchte es kurz machen. Es wird keine weitere Prüfrunde geben. Mein Klient hat sich bereits entschlossen, an Sie zu verkaufen. Sie haben sich durch die Art Ihres Studiums und der Aktivitäten als Stadtführer, sowie als gebürtiger *Contradaiolo* hervorragend empfohlen. Die Bedingung, das kleine Hotel als solches samt Gastronomie zu erhalten, werden durch Ihr vorgelegtes Konzept eingehalten." Er legte ihnen den Kaufvertrag vor.

Antonio nahm das Schriftstück entgegen, las es noch einmal komplett durch, Angelo anschließend aufmunternd zunickend, der schwungvoll seine Unterschrift auf die Papiere setzte. „Gratuliere zum spätmittelalterlichen Gemäuer", sagte Antonio auf dem Weg nach draußen.

Angelo nahm den Dank schmunzelnd entgegen. „Ich werde gleich mal rüber fahren und schauen, ob ich das Personal zum Bleiben bewegen kann."

„Wird schon schief gehen", witzelte Antonio, der wusste, dass Angelo im Vorfeld verschiedene Szenarien mit Giordano und Giovanni durchgespielt und vor allem durchgerechnet hatte. Das hatte ihn auch bewogen, sofort den Auftrag anzunehmen. Angelo überlegte bei jedwedem sehr genau. Das Geld für die Immobilie hatten sein Vater und die Contis zinslos vorgeschossen. Letzteren war sicher, Lieferverträge zu gegenseitigem Vorteil bekommen.

Giovanni war es ja auch gewesen, der auf das zum Verkauf stehende Hotel aufmerksam geworden war und Angelo den Tipp gegeben hatte, sich um den Kauf zu bewerben. „Kannst mich jederzeit um Rat fragen", versprach er. Dass das ein Schwur war, wusste keiner besser als Angelo.

„Wir beide treffen uns heute Abend 19 Uhr in der Festung!", rief Angelo Antonio nach, der das mit einer angedeuteten Verbeugung bestätigte.

Benedetta war nicht eingeweiht worden. Die bisherigen Allüren der jungen Dame waren wenig geeignet, brisante Informationen mit ihr zu teilen. Angelo konnte sich eines schadenfrohen Grinsens nicht erwehren, als ihm Antonio hinter vorgehaltener Hand gesteckt hatte, dass sich Benedettas aktuelles Date unter die Verlierer des heutigen Kaufs einreihen musste. Entsprechend missmutig erschien sie am Nachmittag zu Hause.

„Gibt es Probleme?", fragte Lea kurz.

„Ja. Pietro hat das Hotel nicht bekommen", grollte Benedetta. Ihr Gesicht verfinsterte sich noch mehr, weil sie ihrer Mutter deutlich an den Augen ablesen konnte: Er ist und bleibt ein Lufthut.

„Man kann sich nicht alles mit Geld kaufen", sagte Lea. „Am wenigsten aber Stil und Können."

Benedetta rannte zu ihrem Zimmer, wobei sie wütend die Tür zuwarf, so dass es im ganzen Haus schallte. Giovanni spähte, beide Daumen hebend, aus seinem Büro. Lea zuckte vergnügt mit den Schultern, sich wieder der Espressomaschine zuwendend. Giovannis Geste ging runter wie Öl. Es war das vereinbarte Zeichen, sollte Angelo den Zuschlag erhalten haben.

Pietro hatte sein Studium abgebrochen, konnte als Beruf ausschließlich Sohn angeben, weil er auf Kosten seiner gutbetuchten Eltern lebte. Statt die bestens gehende Schuhfabrik an ihn übergeben zu können, hatten sie schließlich einen Geschäftsführer eingestellt. Wobei sich der missratene Filius anmaßte, diesem Ratschläge für die Arbeit geben zu wollen.

Lea jonglierte das Tablett mit Espresso, Cappuccino und Gebäck über den Gang, zog hinter sich die Tür ins Schloss und lächelte vergnügt. „Vielleicht begreift die Prinzessin jetzt den Unterschied zwischen Tiefstapler und Hochstapler."

Giovanni nickte kurz. „Angelo hat sich just in dem Moment gemeldet, als Benedetta ins Haus trat. Mir war also klar, warum sie ihre Wut an der unschuldigen Tür ausließ. Wir können nur hoffen, dass sie wegen dieses windigen Kerls, mit dem sie sich trifft, nicht das Studium abbricht."

Lea hob mit finsterem Blick den Kopf.

„Dann kürze ich ihr die Zuwendungen rigoros", schwor Giovanni, Lea auf seinen Schoß ziehend und innig festhaltend. „Wir überstehen auch diesen Sturm irgendwie."

„Wenn du das sagst, glaube ich es", seufzte Lea. „Es ist erschreckend, wie Umgang einen Menschen formen kann. Angelo hat das Richtige getan, ihr den Stuhl vor die Tür zu setzen, als sie glaubte, zweigleisig fahren zu müssen."

Giovanni nickte erneut. „Er weiß, dass wir zu ihm halten. Sonst hätte er uns seinen heutigen Erfolg ganz anders kundgetan. Er lädt uns für heute Abend zur Dankeschönparty in die *enoteca* ein.“

Benedetta meldete sich gegen 17 Uhr ab. „Ich gehe Pietro ein wenig trösten.“

„Wir kommen auch erst sehr spät nach Hause. Wir sind in der Festung zu erreichen“, erwiderte Giovanni.

Lea kleidete sich bereits für den Abend um, als Giordano nach Hause kam, um sich ausgehfein zu machen. Er hob beim Eintreten ebenfalls beide Daumen, worauf sein Vater grinsend mit der gleichen Geste antwortete. „Weiß sie es?“, fragte er, mit dem Kopf zum Treppenhaus deutend.

„Nein. Ist doch viel lustiger, wenn sie es von anderen erfährt“, merkte Giovanni an.

„Hahaha, ja das stimmt!“ Giordano führte seine Mutter am Arm die Stufen hinunter bis zum wartenden Taxi. Angelo empfing seine Gäste persönlich an der Tür.

„Ich glaube, wir können bei solch einem strahlenden Gesicht heute auf Lampen und Kerzenlicht verzichten“, blinzelte Giovanni.

Manuele nickte heftig, auf Gianna, Claudia und Antonio zeigend. „Das war auch unser erster Gedanke, als wir hier ankamen.“

„Den zweiten Teil der Dankeschönparty wird es nächsten Monat in meinem eigenen kleinen Saal geben“, versprach Angelo. „Das Personal bleibt ausnahmslos bei mir. Besonders in der

Küche freut man sich, weiterhin die traditionellen Gerichte zubereiten zu dürfen. Die Getränkekarte wird bis dahin komplett umgearbeitet. Ich möchte auch da in erster Linie Regionales ausschenken lassen. Erheben wir also die Gläser auf den heutigen Erfolg, als Dank für die riesengroße Unterstützung und auf eine wundervolle Zusammenarbeit!"

Alle fassten nach ihren Sektkelchen, die mit dem Besten gefüllt waren, das Giovannis Weinberg zu bieten hatte.

„Kleiner Saal ist relativ", gab Giordano zu bedenken. „Immerhin passen locker 50 Personen hinein."

„Das sollte man bei 20 Zimmern erwarten", winkte Angelo ab. „Ich werde sogar am Namen des Hauses nichts ändern. Es ist bekannt, was mir den Start erleichtern dürfte. Klar werde ich es nun in alle seriösen Bewertungssysteme eintragen lassen, um wirklich präsent zu sein und selber sofort zu erfahren, was man über mein Konzept denkt. Je schneller es mir gelingt, einen festen Reiseveranstalter an Land zu ziehen, umso besser, um keinen Leerstand zu haben. Einer will persönlich antesten kommen. Bis dahin muss alles reibungslos laufen."

„Dahinein habe ich vollstes Vertrauen", ließ sich Giordano im Brustton der Überzeugung vernehmen.

„Ich werde die Dach-Etage, die derzeit unge-
nutzt und voller Kram und Krempel steht, für
mich als Wohnung ausbauen, um für meine
Leute schnellstmöglich persönlich erreichbar zu
sein", überlegte Angelo laut.

„Dann residierst du wirklich standesgemäß",
merkte Manuele an. „Wer kann sich schon eine
Wohnung direkt im historischen Zentrum leisten?"

„Ja, das hat was", gab auch Giovanni zu.

Gianna kicherte: „Da wissen wir doch, von wo
aus wir zukünftig die Palio-Rennen wie aus einer
Königsloge heraus beobachten können!"

„Richtig!", lachte auch Lea.

Angelo zuckte fröhlich mit den Schultern.
„Zumal ich weiß, wer demnächst wieder einmal
den Oberbefehl als *capitano* hat."

Giovanni atmete tief durch. „Ach ja. Da war
doch noch was. Na ja, ein bisschen genieße ich
den Personenrummel schon."

„Du bist auch, seit ich denken kann, der Beste", lobte Angelo. „Es geht mir immer runter
wie Öl, das bei den Führungen zum Palio zu
erwähnen."

Zwei Wochen nach der kleinen Dankesfeier in
der *enoteca* bekam Angelo, als neuer Inhaber des
Hotels, einen Anruf, der ihn elektrisierte. Der
Interessent, der hatte persönlich testen wollen,
ersuchte um sechs Einzelzimmer für vier Tage,

die Angelo, nach einem kurzen Blick auf den Belegungsplan, sofort zusicherte.

Er setzte auch seine Mannschaft umgehend in Kenntnis, dass diese Gäste das Zünglein an der Waage sein konnten. Wein und Sekt von beiden Contischen Weingütern waren bereits eingelagert worden, selbst Olivenöl und Essig stammten von da. In der kleinen Verkaufsvitrine neben dem Empfangstresen präsentierte man Olivenholzschmuck aus der Fertigung Lea Contis. Flyer über die Produktpalette der Firmen lagen aus. Das Zimmer-und-Putzpersonal hatte alles perfekt vorbereitet.

Als das Großraumtaxi direkt am Hotel vorfuhr, nickte Angelo kaum merklich, denn es entstiegen vier Herren und zwei Damen in teurem Geschäftszwirn, die er als Chef des Hauses persönlich empfing und begrüßte. Dass er dies in fließendem Deutsch tat, erstaunte die Ankömmlinge. Sie erhielten ihre Schlüsselkarten und begaben sich zu den Zimmern.

Angelo bat den diensthabenden Ober, für diese besonders Gäste einen Tisch mit bestem Blick auf den wundervollen Markt fest zu reservieren.

Kurz darauf erschien der Wortführer der Gäste am Tresen. „Wir möchten gern bei Ihnen Mittag essen und danach die Stadt erkunden."

„Ein Tisch ist fest reserviert", erklärte Angelo. „Falls Sie anschließend zuerst den Sehenswürdigkeiten Sienas einen Besuch abstatten wollen, stehe ich Ihnen gern als Führer durch den Dschungel der mittelalterlichen Gassen für zwei Stunden zur Verfügung. Dann ist es auch etwas einfacher, das Hotel wiederzufinden", gab er lächelnd bekannt. „Kleine Stadtpläne vom Zentrum, in dem wir uns hier befinden, können Sie im Foyer entnehmen. Da ist auch noch einmal unsere Telefonnummer aufgedruckt, falls sich doch jemand verläuft und etwas Hilfe, den rechten Pfad zu finden, benötigt."

„Hervorragend!", rieb sich Herr Wilhelm die Hände, Angelo hoch erfreut musternd. Der schien, richtig was auf dem Kasten zu haben. Da nahten auch schon die anderen, denen er die gute Kunde weitergab. „Wir nehmen beide Angebote dankend an!", gab er schließlich bekannt.

Angelo nickte und sagte schmunzelnd: „Ein kleiner Hinweis für die Damen. Verstauchungen bei Wanderungen in Highheels und mit Pfennigabsätzen auf unserem mittelalterlichen Pflaster fallen in das Ressort Dr. Riccis, welcher mein Vater ist. Lassen Sie mich rufen, wenn Sie zur Stadtbesichtigung aufbrechen möchten."

Die beiden lächelten belustigt und auch die Männer grinsten sich eins. Der junge Italiener hatte den richtigen Humor. Sie nahmen Platz, studierten Speise- und Getränkekarte.

„Meine Güte! Hier ist für jeden Geldbeutel was dabei. Wirklich für jeden! Selbst die Flasche Sekt nach Champagnergärung für 500 Euro ist kein Problem. Ich möchte den leichten Weißwein aus dem gehobenen mittleren Preissegment haben!"

Diesen wählten am Ende alle und stießen auf erlebnisreiche Tage an.

„Die ersten Eindrücke sind vielversprechend", gab eine der Damen beim Essen zu. „Bin gespannt, was er auf der Tour für Trümpfe aus dem Ärmel zieht."

„Ach, jetzt genießen wir erst mal die herrlichen Pastakreationen", seufzte die andere.

„Alles frisch verarbeitet", stellte ein Dritter fest.

„Den Wein muss ich mir vormerken", murmelte der Vierte. „Ein richtig edler Tropfen."

„Gut sieht er zudem aus", blinzelte die Erste vielsagend.

„Der Wein?", grinste die Zweite.

Herr Wilhelm schüttelten amüsiert den Kopf. „Wir sind auf Dienstreise."

„Das eine schließt das andere doch nicht aus", lachte die zweite Dame, worauf alle Herren gespielt entrüstet mit dem Zeigefinger drohten. Die Frauen grinsten sich harmlos an.

„Es geht alles auf getrennte Rechnung", erklärte Wilhelm am Ende, die Flexibilität und den Service testend, weil so etwas in Italien unüblich war. Man bezahlte regulär zusammen und einigte sich danach untereinander.

„Kein Problem", sagte der Ober lächelnd, die Bestellungen im Handumdrehen separierend. Dafür bekam er dann auch sechs Mal Trinkgeld.

„Wir möchten in einer Viertelstunde losgehen", wandte sich Herr Wilhelm an die Empfangsdame.

„Ich gebe Herrn Ricci Bescheid", erwiderte sie, sofort eine Nachricht in den Laptop tippend.

Angelo wartete in der gemütlichen Sitzecke auf die Ausflügler, welche alle, wie auch er, in gehobener Freizeitkleidung und mit trittfesten Schuhen erschienen. Er gab zur Sicherheit die im Hosentaschenformat gefalteten kleinen Stadtpläne aus und begann, wenige Schritte neben der Tür seines Hotels, mit den ersten Erklärungen. Zudem beantwortete er unzählige Fragen zur Geschichte des Palio und touristischen Attraktionen in weiterem Umkreis. Immer wieder wurde er gegrüßt, grüßte zurück, wobei er ab und zu ein wenig zur Person und deren Wirken für den Tourismus in der Stadt preisgab.

„Sind Sie ein wandelndes Lexikon?", fragte eine der Damen schließlich.

„Ein Contradaiolo", gab er Brustton der Überzeugung zurück. „Wir Sienesen sind und bleiben ein traditionsbewusstes Völkchen. Dazu gehört auch der unübersehbare Stolz, hier geboren zu sein."

„Der sei Ihnen gegönnt!", lachte Wilhelm. „Es war eine wunderbare und kurzweilige Führung. Mir tut es fast schon leid, dass die zwei Stunden um sind."

„Mir auch!", gaben die anderen einstimmig bekannt.

Ehe sie individuell auf Tour gehen wollten, ließen sie sich im Restaurant des Hotels Espresso und Mandelgebäck schmecken. Da sie allenthalben, wie auch hier vor Ort, auf die Namen Lea, Giovanni und Giordano Conti stießen, fragten sie nach dem Abendbrot an, ob man von hier aus Plätze für den kommenden Abend in der *enoteca* buchen könne.

Angelo zog das Smartphone aus der Jackentasche. „Hallo Paolo, kann ich für morgen 18 Uhr sechs VIP-Plätze haben? Klappt? Prima! Ich danke dir sehr!" An die Gäste gewandt: „Es ist reserviert. Möchten Sie mit einem Taxi ..." Er hatte den Satz noch nicht einmal beendet, als alle nickten. So wählte er gleich die nächste Nummer. „Es wird 17:30 Uhr hier vor der Tür für Sie bereitstehen."

„Grandios!" Wilhelm rieb sich zufrieden die Hände.

„Ich werde mal unverfänglich nachfragen, wie der Tag gelaufen ist", gab Giordano zum Feierabend bekannt, als er, wie so oft, zu Hause den

Tisch für die Familie deckte, weil sich Benedetta wieder drückte, Mutter etwas zu unterstützen. Giordano arbeitete auch bei der Verwaltung des Weinbergs Hand in Hand mit Lea, sodass sie sich mehr der Schmuckfertigung widmen konnte. Da Benedetta erst spät nach Hause kommen werde, rief er Angelo per Videotelefonat an, als alle gemütlich im kleinen Salon saßen.

„Ich fange von hinten an", schmunzelte Angelo in die Kamera. „Ich habe für morgen einen VIP-Tisch bei euch in der Festung reserviert. Ich habe es bis jetzt unterlassen, neugierige Fragen zu stellen, gehe aber davon aus, den Chef und mehrere Mitarbeiter in gehobener Position eines großen Reiseveranstalters vor mir zu haben. Man scheint sich auf preisintensive Genussreisen einzurichten. Würde mich nicht wundern, wenn sie morgen Abend oder tagsüber bei mir um Weingutbesichtigung ersuchen."

„Na, da werde ich mich doch glatt abends zum Essen in die Enothek setzen", schwor Giordano. „Als Familienvertreter der Unternehmen weiß ich doch, was ich wann, zu tun und zu lassen habe."

„Das käme mir sehr entgegen", atmete Angelo auf, als es Giovanni im Hintergrund laut sagte.

Lea begann herzhaft zu lachen. „Perfekt! Jedenfalls klingst du sehr zufrieden."

„Das bin ich auch", gab Angelo zu. „Ab Samstag habe ich komplett volles Haus."

„Und deine Wohnung?", fragte Lea.

„Ist zum Teil bezugsfertig", erzählte Angelo. „Das Büro ist vollständig eingerichtet. Das Bad soll am Wochenende bereit sein, die Möbel kommen nächste Woche. Bis dahin dürften auch die restlichen Malerarbeiten abgeschlossen sein. Ich wohne, solange die besonderen Gäste da sind, in einem der Hotelzimmer. Den einen Tag, den ich überbrücken muss, um eine komplette Wohnung zu haben, überstehe ich mit Katzenwäsche und der Personaltoilette. Kleine Einzugsparty, wenn wirklich alles mit Möbeln ausgestattet ist. Einladung hiermit erfolgt", lachte er.

„Dankend angenommen!", riefen die drei Contis im Chor.

„Ich denke, um ihn müssen wir uns keine Sorgen machen", sagte Giovanni behaglich. „Die Prinzessin wird es noch bereuen, ihn so böse hintergangen zu haben."

„Darauf gebe ich dir Brief und Siegel!", prustete Giordano los. „Bei ihr und Pietro scheint der Haussegen mächtig schief zu hängen. Wo sie mit ihm auftaucht, schalten alle plötzlich auf unterkühlt freundlich. Halb Siena weiß, dass er ein schmarotzender Nichtsnutz ist. Von denen, die was sind und zu sagen haben, wissen es alle." Dann fügte er wehmütig hinzu: „Benedetta wird es zu spüren bekommen, wenn sie einen Praktikumsplatz sucht. Aber das sind Dinge, aus denen ich mich möglichst meilenweit heraushalten werde. Dass die elterlichen Firmen auf Grund der Durchführungsbestimmungen ausfallen müssen, dürfte ihr bekannt sein."

Lea hob den Kopf.

„Ich weiß, was du denkst", merkte Giordano sofort an. „Er würde sie unterstützen. Ich bin aber sicher, dass er sie niemals hofieren würde. Wenn sie eine ordentliche Beurteilung haben will, wird sie sich wie jede andere strecken müssen, um mit echter Leistung zu glänzen."

Giovanni nickte einmal kurz, aber heftig. Gelungene Analyse, signalisierte es.

Eine halbe Stunde später rummste es im Treppenhaus. „Ich denke, bald wird auch unsere Tür schief hängen und nicht nur der Haussegen der beiden", grinste Giovanni.

Lea hob seufzend die Schultern. „Von der sprichwörtlichen Beherrschung der Contis in allen Lebenslagen, kann bei ihr keine Rede sein. Warum ist das Mädchen nur so aus der Art geschlagen?"

Giovanni nahm sie, wie so oft in den letzten Wochen, tröstend in den Arm. Giordano streichelte ihre Hand. „Der Laufpass für Pietro ist fest vorprogrammiert", wisperte er, mit einem Auge blinzelnd.

„Dein Wort in die Ohren aller guten Geister", raunte Giovanni zurück.

Am Nachmittag des nächsten Tages, die Ausflügler fanden sich gerade im Restaurant ein, betrat ein Gast das Foyer, der die Empfangsdame elektrisierte. Er grüßte freundlich, sie grüßte mit strahlendem Lächeln zurück und rief den Chef direkt an, kaum dass der Gast das Restaurant betreten und sich ganz in die Nähe der geschäftlich hier Weilenden gesetzt hatte.

Als Angelo gleich nach dem Ober aus den Küchenräumen erschien, erhob er sich. „Hervorragend, dass Sie anwesend sind! Leisten Sie mir Gesellschaft auf einen Espresso!" Er drückte ihm fest die Hand.

„Gern, Herr Bürgermeister", nahm Angelo die Einladung an.

Eine der Damen am Nachbartisch flüsterte: „Ich habe *sindaco* gehört. Das heißt Bürgermeister. Er ist der Oberbürgermeister, wie man bei uns sagen würde. Sehen Sie? Ich habe ihn gerade gegoogelt." Sie hielt ihnen das Smartphone hin.

„Äußerst interessant", murmelte Herr Wilhelm. „Der junge Mann hat Kontakte, wo andere vor Neid erblassen. Ich werde noch heute Nägel mit Köpfen machen, ehe uns jemand die Schau stiehlt!"

„Tun Sie das!", pflichteten die anderen bei.

„Oh, da naht Rotkäppchen mit dem Kuchenkörbchen", witzelte eine der Damen, als eine junge Frau mit Henkelkorb und roter Servierschürze zur Tür hereinkam.

„Das ist Signora Bertucci, unsere Bäckerin gleich um die Ecke, mit Cantuccini", gab Angelo, sich lachend umdrehend, bekannt. „Seien Sie so gut, meine Liebe, an meine Gäste eine Kostprobe auszuteilen." Er übersetzte das kurze Gespräch für den Bürgermeister und die Bäckerin ins Italienische, den Rest für die Gäste ins Deutsche.

Natürlich bekam der Bürgermeister zuerst und mit einer fröhlichen Verbeugung, dann die Damen und Herren, ehe Signora Bertucci mit vergnügtem Blinzeln den Korb ans Küchenpersonal übergab. „Bis demnächst!", rief sie beim Hinausgehen, sich von Angelo und dem Bürgermeister mit einem Kopfnicken verabschiedend.

„Ich muss wohl öfter vorbeikommen", blinzelte der Bürgermeister, mit Appetit den leckeren Mandelkeks verspeisend.

„Das wiederum würde mich von ganzem Herzen freuen", erwiderte Angelo lächelnd, sicher dass es genau so geschehen werde.

„Haben Sie eine halbe Stunde Zeit für mich?", fragte Wilhelm, als das Stadtoberhaupt gegangen war, Angelo.

„Aber natürlich. Worum geht es?"

„Um die zukünftige Zusammenarbeit", erwiderte Wilhelm lächelnd, worauf Angelo vorschlug, sein Büro aufzusuchen.

Beide hatten klare Vorstellungen. Angelo sah sich die Zeitpläne an und sicherte in den fraglichen Zeiträumen zehn Zimmer für jeweils sieben Übernachtungen fest zu, die er auch sofort in die Tabellen des Hotels eintrug. Wenn der Chef das selbst tat, galten die Buchungen als unantastbar. Dass die Gäste weder kulinarisch noch kulturell zu kurz kommen würden, war in den wenigen Tagen klargeworden. Beide unterzeichneten die Verträge ohne Vorbehalt. „Auf gute Geschäftspartnerschaft!", waren sie sich einig.

Jetzt ließ auch Wilhelm die Katze aus dem Sack, dass es die gesamte Führungsriege zweier seiner Reisebüros war, die den Aufenthalt in genau diesem Hotel in Siena sehr genossen hatte. „Die beiden Damen werden Sie als Reiseleiterinnen für die kleinen illustren Gesellschaften bald wiedersehen", orakelte er.

„Ich freue mich darauf. Denn diese Zusammenarbeit wird zur vollsten Zufriedenheit aller funktionieren", lächelte Angelo.

Am Abend baten die Gäste tatsächlich, etwas mehr über die Enothek und die Spitzenweine zu erfahren.

„Sie haben Glück. Der Junior-Chef eines der Conti-Weingüter ist gerade im Hause", gab der Geschäftsführer bekannt, Giordano heran bittend.

Der schlug eine Führung durchs Haus vor, die sofort voller Freude angenommen wurde. Im Weinkeller versprach er eine zünftige Weinverkostung und Häppchen aus der Region auf dem Weinberg seines Vaters. Der Hinweis, man könne dort vor Ort zum Vorzugspreis Spitzenweine kaufen, sorgte für Begeisterung.

„Wie kommt es, dass Sie genau so perfekt Deutsch sprechen, wie Angelo Ricci?", staunte eine der Damen.

„Meine Mutter ist Deutsche. Er ist mein bester Freund schon seit Kindertagen, der oft mehr bei uns, als zu Hause zu finden war. Wir sind praktisch zweisprachig aufgewachsen", verriet Giordano lächelnd.

Verblüffung bei den Gästen, denn damit hatte keiner gerechnet. Aber so ergab die perfekte Zusammenarbeit einen großartigen Sinn.

„Weinverkostungen in die Tagestouren vom Hotel aus einzubinden, ist jederzeit möglich", versprach Giordano.

Dass die für den nächsten Tag zu einem krönenden Abschluss der Sondierungstour werden würde, ahnten die Gäste schon jetzt. Bei strahlendem Sonnenschein brachen sie mit einem gecharterten Kleinbus zu Dr. Giovanni Contis Weinberg auf, um die extravagante Verkostung mit allen Sinnen zu genießen.

Mit Staunen betraten sie die unterirdischen Produktionsanlagen und Weinkeller, die von oben nicht einmal zu erahnen waren, wo sich Rebstock an Rebstock scheinbar ins Unendliche reihten.

Giovanni ließ einen der teuersten Sekte nach Champagnerart als Geschenk des Hauses öffnen. Er verriet auch, dass man für die opulenten Events eine Stretchlimousine über das Hotel Herrn Riccis anmieten könne, um besonders illustre Gesellschaften standesgemäß zu chauffieren.

Die kulinarischen Kreationen aus der Küche des Weingutes überzeugten genau wie die Getränke und Giovanni konnte sicher sein, dass er ab sofort fest im Plan der Veranstalter stehen werde.

Echte Dankbarkeit

„Wo hast du dich schon überall beworben?",
fragte Giordano, als Benedetta beim Öffnen des
nächsten Briefes in Tränen ausbrach.

Sie eilte zu ihren Zimmern, um mit einem
ziemlich dicken Ordner wiederzukommen. „Das
heute waren die Absagen 53 und 54", schluchzte
sie, ihm die Mappe reichend. „Ich weiß mir keinen Rat mehr!"

Giordano blätterte die Briefe durch. Sie hatte
es wirklich bei den namhaftesten Firmen versucht. Es waren auch einige dabei, die nicht wissen konnten, wer sich hinter der jungen Frau
verbarg, die um einen Praktikumsplatz ersuchte.
Keiner schien eine angehende Ökonomin haben
zu wollen. „Bleiben nur noch die Hotels", stellte
er fest.

„Da habe ich doch gleich gar keine Chance",
flüsterte Benedetta resigniert.

„Versuche es bei den Kleinen besonders Fei-
nen an der Piazza del Campo", schlug er vor.

„Meinst du?"

„Meine ich. Schreibe sie nicht an, gehe persönlich hin. Am besten ins Campo Regio. Dort
freut man sich vielleicht über etwas Hilfe während der Hauptsaison. Der Chef heißt Ricci. Wir
arbeiten mit seinem Haus hervorragend zusam-

men." Giordano schob ihr eine Visitenkarte über den Tisch.

Benedetta zog die Nase hoch. „Danke. Ricci ist bis jetzt auch immer ein Name, der für Qualität steht", murmelte sie, die Karte in die Handyhülle schiebend. „Gute Nacht!"

„Schlaf gut und höre auf zu grübeln." Giordano tupfte ihr auf die Nase, wie es immer getan hatte, als sie noch ein ganz kleines Mädchen gewesen war.

Benedetta lächelte dankbar. Es war immer hilfreich, seinen Ratschlägen zu folgen. Giordano war trotz der jungen Jahre ein hoch geachteter Mann. Nicht nur für die Familienfirmen, sondern auch für die Contrada und die ganze Stadt. Sie seufzte tief. Ihr eigener Glanz hatte durch Pietro so viele matte Stellen bekommen, dass es sicher besser wäre, ihn in den Wind zu schießen. Womöglich verbaute sie sich den Erfolg für das ganze Leben.

Sie zog die Visitenkarte hervor. Ricci. Ob es wohl Angelo gut ging? Sein Name war seit Monaten nicht mehr gefallen. Weder in der Familie noch durch die Freunde. Sicher tingelte er als Fremdenführer durch die Stadt, wie er sich vorgenommen hatte. Na ja. Aber das war wenigstens ehrbare Arbeit, von der man gut leben konnte, wie sie von Mario Rosso wusste.

Benedetta zog die Nase hoch. Wenn er mit ihr das gemacht hätte, was sie ihm angetan hatte, hätte sie ihm wohl vor Wut den Hals umgedreht. Er hatte ihr mit wehmütigem Blick Glück gewünscht und war gegangen. Es hatte sicher keinen Sinn, sich entschuldigen zu wollen. Wahrscheinlich gab es ein anderes Mädchen, das ihn still und leise glücklich machte, ohne darauf zu pochen, in der Öffentlichkeit zu stehen. Aus. Vorbei. Und es begann zu schmerzen.

Nach dem Frühstück wählte Benedetta eine weiße Bluse zum dunkelgrauen Hosenanzug, nahm ihre dünne schwarze Aktentasche und blieb noch einmal vor dem Spiegel stehen. Nur Wimperntusche, farbloser Nagellack, das lange Haar hochgesteckt, sah sie weder aufgetakelt noch nach grauer Maus aus. Sie nickte ihrem Spiegelbild aufmunternd zu und trat festen Schrittes auf die Straße.

Giordano schaute mit kaum merklichem Lächeln hinterher. Giovanni sah ihn fragend an.

„Ich habe sie ins Campo Regio geschickt. Ihr steht das Wasser Oberkante Unterlippe." Giordano wandte sich vom Fenster ab und loggte sich ins Firmenprogramm ein.

Giovanni legte ihm die Hand auf die Schulter. „Danke."

Benedetta hatte inzwischen das Ziel erreicht. Die drei großen Tische vor dem Hotel wurden gerade für das Tagesgeschäft mit Laufkundschaft hergerichtet, durch die Fenster konnte sie sehen, dass im Restaurant kein freier Platz zu erspähen war. Drei Kellner eilten geschäftig, das Buffet für die Hausgäste stetig aufzufüllen. Das Hotel musste vollständig belegt sein.

Sie atmete tief durch, näherte sich der Automatik-Tür und trat ein. Die Dame am Tresen wünschte einen guten Morgen. Benedetta dankte und erklärte: „Ich bin Ökonomiestudentin und auf der Suche nach einem Praktikumsplatz.“

„Einen kleinen Augenblick, ich werde den Chef benachrichtigen.“ Sie sprach ins Mikrofon des Hausrufsystems: „Herr Ricci, eine junge Studentin ersucht um einen Praktikumsplatz.“

„Wäre es Ihnen möglich, sie zu meinem Büro zu führen? Ich erwarte noch immer den Anruf.“

„Aber natürlich, Chef!“ Sie wandte sich Benedetta zu. „Herr Ricci erwartet Sie. Folgen Sie mir bitte.“ Sie nahm den Weg zum Aufzug, wählte die Privat-Etage und klopfte am Büro.

„Treten Sie ein!“, rief es von drinnen.

Die Angestellte hielt Benedetta die Tür auf und begab sich wieder an den Empfangstresen. Das Erstaunen im Büro war wohl auf beiden Seiten gleich groß, nur dass sich Angelo schneller im Griff hatte.

„Guten Morgen! Na, das ist ja eine Überraschung! Nimm Platz!“

Benedetta erwiderte fast flüsternd den Gruß, weil ihr die Stimme versagte, und setzte sich in einen der bequemen Sessel.

Angelo zog zwei Tassen Espresso aus seinem Automaten, legte Gebäck auf die Untertassen und setzte sich in den anderen Sessel. „Ich schätze, du hast den Tipp von Giordano bekommen", begann er das Gespräch.

„Das ist richtig", gab Benedetta zu.

Ehe Angelo etwas erwidern konnte, klingelte das Telefon. „Einen kleinen Augenblick", bat er Benedetta, das Gespräch annehmend.

„Kein Problem, ich werde bei Familie Conti sowohl den Termin zum Weinfest als auch jenen der Verkostung der Luxusmarken fest buchen. Stadtführung, Enothek, Weinfest auf Signora Contis Gut und als krönenden Abschluss die Verkostung bei Dr. Giovanni Conti. Ich werde wunschgemäß zwei weitere Zimmer vorhalten. Die Preisliste haben Sie erhalten? Sehr gut. Ja, rund 1000 Euro pro Flasche. Schicken Sie mir den Vertrag. Danke und auf Wiederhören."

Benedetta hatte mit wachsender Verblüffung zugehört. Gerade sie hätte wissen müssen, dass Angelo nie mit seinem Können geprahlt hatte. Gerade sie hätte wissen müssen, dass er mit seinen geplanten Stadtführungen nicht den Massentourismus gemeint hatte. Nun lebte er seinen Traum auf höchstem Niveau. Denn sie wusste ziemlich gut, dass die angesprochenen Weine und Sekte nur verkostet wurden, wenn die Interessenten eine bestens gefüllte Portokasse hatten, wie es Vater stets mit einem Blinzeln nannte.

„Lass deine Bewerbungsmappe stecken. Ich kann für die bevorstehenden Events sehr gut eine persönliche Assistentin gebrauchen, die sich sowohl mit der Materie des Weins als auch mit ökonomischen Zusammenhängen auskennt. Der Siena wie eine Westentasche bekannt ist, die sich aber nicht scheut, andere Arbeiten zu verrichten, wie Regenschirme austeilen oder ältere Herrschaften am Arm zu führen. Praktikantenjob eben. Ich gehöre allerdings weder zu denen, die das unhonoriert lassen noch zu jenen, die Praktikanten wie dressierte Affen einsetzen.“

„Ich möchte annehmen“, erklärte Benedetta fast verschüchtert, der das besonnene Auftreten Angelos Ehrfurcht einflößte.

Schnell waren die Modalitäten geklärt, Benedetta unterschrieb den Vertrag und bekam den Arbeitsplan ausgehändigt. Angelo fuhr mit ihr hinunter zum Empfangstresen, um gleich seine Angestellte zu informieren.

„Wenn du das heutige Outfit zu den Führungen trägst, bist du perfekt gekleidet“, verriet er Benedetta. „Bis bald und pass auf dich auf!“

„Alles gut“, wandte er sich an seine erschreckt schauende Angestellte. „Ich duze sie, weil sie Benedetta Conti, die Schwester meines besten Freundes ist.“

Nun wurden die Augen der Dame noch größer. Hatten es doch die Spatzen von den Dächern gepfiffen, dass die beiden einst liiert gewesen waren.

„Sie ist als Praktikantin unter Vertrag und hat genau so zu spuren, wie alle anderen. Ich werde keinerlei Ausnahmen dulden und selber auch keine machen. Behalten Sie vorerst für sich, wer sie ist."

„Geht klar, Chef!"

Benedetta wurde auf dem Weg nach Hause immer schneller. Sie musste dringend eine halbe Stunde Ruhe haben, um die sich jagenden Gedanken zu ordnen.

Plötzlich zweigte sie in ein Geschäft ab, um *Tartufo di cioccolato bianco con pistacchi e lampone,* Trüffelpralinen aus heller Schokolade mit Pistazien und Himbeeren zu kaufen, die Giordano über alles liebte. Weil er wohl gerade auf den Weingütern weilte, klemmte sie die große Tüte vorsichtig in die Klinke seiner Zimmertür.

In ihren Räumen legte sie die Tasche auf den Tisch und ließ sich rücklings auf das Bett fallen. Sie hatte Angelo wiedergesehen.

Als sie an den Tag zurückdachte, an welchem Pietro völlig frustriert gewesen war, weil er, trotz eines gigantischen Gebots, das Hotel nicht bekommen hatte, begann sie zu lachen. Mehr Schein als sein, hatte schon da nicht gezogen. Angelo musste mit seinem vorgelegten Konzept alle überzeugt haben. Dass es funktionierte, hatte sie an dem Telefonat im Büro begriffen. Er ruhte trotz Stress in seinem Mittelpunkt. Und gut sah er aus. Da gab es keine Abstriche. „Ich darf keinesfalls versuchen, mich in irgendeiner Weise anzubiedern", flüsterte sie. „Dann habe ich seine Achtung endgültig verloren."

Am Abend traf sie sich mit Pietro im Mugolone, wo sie versuchen wollte, ein ernsthaftes Gespräch mit ihm zu führen. Nur schien das ein utopisches Ansinnen zu sein. Es begann, wie meist, damit, dass er die Kellner wie Lakaien behandelte. Dann gab er bekannt, dass er für sie beide drei Wochen Karibik gebucht habe und der Flug am Montag ab Rom gehe.

Benedetta ließ den Löffel sinken und musterte ihn mit zu Schlitzen verengten Augen. „Tut mir leid. Montag beginnt mein Praktikum."

„Nichts da! Wir fliegen! Mein Vater hat die Tickets schon bezahlt."

„Dann wirst du allein reisen müssen. Ich sagte bereits, dass ich am Montag meine Praktikumsarbeit beginne", erwiderte Benedetta entschieden.

„Sag mir wo, ich stecke deinem Chef ein Licht auf!", tönte Pietro großkotzig, sodass man es noch an den Nebentischen hören konnte.

Benedetta erhob sich, schaute ihn kühl an. „Bildest du dir ein, über mein Leben verfügen zu können? Falls du irgendwann den Sinn eines harmonischen Miteinanders und einer geregelten Arbeit begreifen solltest, ruf mich an. Bis dahin lebe wohl, in deiner ach so heilen Traumwelt." Sie drehte sich zu dem Ober um, der an diesem Tisch bediente. „Der bisherige Verzehr geht auf mich. Ich komme an den Tresen."

Pietro starrte ihr mit offenem Mund hinterher, die Kellner mit Respekt zollendem Lächeln. Es war höchste Zeit, dass diesem Spinner jemand die Flügel stutze.

Es waren genügend Gäste im Restaurant, die Benedetta vom Sehen kannten und wussten, wessen Tochter sie war. Wie jede Neuigkeit, verbreitete sich auch die Kunde, auf welche Weise sie ihren Galan abgefertigt hatte, wie ein Lauffeuer. Es war am nächsten Morgen sogar Hauptthema beim Bäcker, gleich um die Ecke des Hauses Conti. Als Benedetta dann noch im Laden erschien, um für das Familienfrühstück einzukaufen, war die Sensation perfekt.

Lea rutschte vor Schreck die Türklinke aus der Hand, als bereits der Espresso durch die Maschine lief und Benedetta gerade das Tablett mit Geschirr bestückte. Völlig irritiert, schaute sie nach der Uhrzeit.

Die Männer erschienen.

„Darf man doppelt gratulieren?", schmunzelte Giordano, sein Schwesterchen fest an sich drückend.

„Darf man", blinzelte sie.

Er blinzelte zurück. „Ich habe Teil eins wegen der Trüffelpralinen vermutet. Herzlichen Dank dafür!"

„Gern geschehen und mit größtem Vergnügen", strahlte Benedetta. „Du bist der beste große Bruder aller Zeiten."

„Hä?", machte Lea. „Jetzt verstehe ich gar nichts mehr."

„Kein Wunder, du warst seit gestern Abend nicht auf der Straße", grinste Giovanni, Benedetta verschwörerisch zublinzelnd.

Die lachte herzlich. „Ich dachte schon, es steht heute in der Zeitung."

„Viel hat nicht gefehlt", witzelte Giordano.

„So ein Aufriss wegen eines Praktikumsplatzes?", staunte Lea, die buchstäblich im Finstern tappte.

„Nein. Ich habe Pietro im Mugolone ziemlich öffentlich, ziemlich heftig in den Hintern getreten", verriet Benedetta mit breitestem Lächeln.

„Fantastico!", jubelte Lea.

„Der fast direkte Vergleich zwischen einem Spitzenkönner und einem absoluten Versager war ein heilsamer Schock", gab Benedetta kleinlaut zu.

Lea, noch immer nicht im Bilde, hinterfragte deshalb: „Zwischen Giordano und Pietro?"

Benedetta schüttelte den Kopf. „Zwischen Angelo, bei dem ich mein Praktikum machen werde, und Pietro. Obwohl Giordano bis aufs i-Tüpfelchen genau so gut gepasst hätte. Ach herrje! Ich muss zum Bus! Ich habe doch heute die zeitige Vorlesung!" Sie trank schnell die Tasse leer und hastete davon.

Giordano erzählte inzwischen, was ihm von mehreren Seiten zugetragen worden war. Und auch, dass sich Angelo am Abend noch bei ihm gemeldet hatte.

Giovanni nickte erfreut. „Da weiß ich sicher, dass sie keine Sonderbehandlung bekommt, aber auch, dass sie nicht Spießruten laufen muss."

„Das ist wohl der Hauptgrund, warum er sie als persönliche Assistentin unter seine Obhut nimmt. Jeder weiß, dass sie ihn abserviert hat. Er versucht auf diese Weise, sie vor hämischen Bemerkungen zu schützen. Fakt ist, der Schock, Angelo als Boss eines der besten kleinen Hotels zu sehen, war der Auslöser für das abendliche Spektakel. Wobei sie nach außen absolut ruhig geblieben sein soll, wie alle betonen."

„Heute kann nur ein schöner Tag werden", seufzte Lea. „Zeit, das Weinfest auf meinem Berg vorzubereiten."

„Ich habe dir gestern Abend neue Daten eingespielt, wie auch für Vaters Veranstaltungen. Denn ich habe Angelo einen Termin für die Luxus-Sorten reserviert. Es werden mindestens sechs, können aber bis zwanzig Personen sein", legte Giordano dar.

„Da zieht einer ordentlich durch", staunte Lea.

„Ich finde es gut, dass er dabei touristische Laufkundschaft nicht geringer schätzt", lobte Giovanni. „Das spült kontinuierlich Geld in die Kasse. Seine Zahlungen an uns kommen pünktlich und sogar etwas höher, um schnell schuldenfrei zu sein."

„Du wirst doch sicher morgen zu ihm gehen", stellte Lea in den Raum.

Giordano nickte heftig. „Dieser eine Abend aller zwei Wochen ist uns heilig. Schließlich müssen wir konspirieren, um jegliche Konkurrenz kurz zu halten."

„Viel Spaß!", lachte Giovanni. „Bisher hat das bestens funktioniert."

Giordano wünschte der Empfangsdame einen guten Abend und schlug den Weg zur Wohnung seines Freundes ein. Der begrüßte ihn, wie immer, mit einer festen Umarmung. Er hatte, auch wie immer, selber gekocht und gebacken. Die ganze Wohnung duftete nach *ricciarelli, cantucci und panforte.*

Giordano hob schnuppernd die Nase. „Da freue ich mich doch jetzt schon wie wahnsinnig auf den Nachtisch." Mit seinen durch Puderzucker leicht aufgehellten Mandelkeksen konnte Angelo jedem Bäcker Konkurrenz machen.

„Als Hauptgericht gibt es diesmal *scottiglia*", verriet Angelo.

Dass er dafür einen der teuren Rotweine verwendet hatte, musste Giordano nicht raten. Gewürfeltes Kaninchen-, Schweine-, Hühner- und Lammfleisch werden dafür zusammen geschmort und am Ende mit dem Wein abgeschmeckt. Angelo reichte das leckere Mahl mit ebenfalls handgemachten frischen Spaghetti, in der Region *pici* genannt.

„Dein Chefkoch muss doch glatt Angst haben, arbeitslos zu werden", seufzte Giordano nach einigen Happen mit selig verdrehten Augen.

Angelo schmunzelte. „Im Gegenteil. Der ist froh, dass ich immer mal mit Hand anlege, wenn uns die Gästelawine regelrecht überrollt. Mir muss er es ja nicht erst zehn Mal erklären, wie den Beiköchen. Jetzt sind auch alle dankbar, dass ich die Umrechnungstabellen an die Wand gehängt habe, damit die Beiköche wissen, was sie auf kurzen Zuruf zu tun haben. Klar bin ich an manchen Tagen fertig, als wäre ich den Marathon gelaufen, aber das kann keiner besser nachvollziehen, als du und deine Eltern. Mir ist dafür die echte Dankbarkeit meiner Leute gewiss, die sicher sein können, dass ich sie niemals hängen lassen würde. Halt auch wie bei euch." Angelo servierte die Vielfalt des Nachtischs.

„Ich glaube, ich muss dich heiraten", murmelte Giordano, sich den ersten Mandelkeks auf der Zunge zergehen lassend.

Angelo brach in schallendes Lachen aus. „Sag das bloß nicht zu laut. Stell dir den spitzen Aufschrei der Crème de la Crème vor, wenn das durch die Medien geisterte. Wobei es einen gewissen Reiz hätte, die Sensationsreporter mal mit Schwung an die Wand laufen zu lassen.

Der wunde Punkt an dem Ganzen wäre Benedetta. Sie könnte sich nach solch einer Meldung gleich einen Strick nehmen. Erst stellt er die Schwester ein, die mit ihm Schluss gemacht hat, heiratet dann spektakulär den Bruder, um sie zu demütigen. Da wäre es völlig egal, ob 24 Stunden später ein Dementi der Medien käme."

„Du liebst sie noch immer", stellte Giordano nicht unzufrieden fest.

„Ja."

Dass er es sie nicht merken lassen würde, wusste Giordano. Ob Angelo erfahren hatte, was im Mugolone geschehen war, hinterfragte er nicht. Er nahm es nur mit an Sicherheit grenzender Wahrscheinlichkeit an. In Siena blieb nichts im Verborgenen. Es gab immer einen, der etwas mit eigenen Ohren gehört hatte und wie ein Spatz die Neuigkeiten von allen Dächern pfiff. „Ach, trinken wir lieber auf Schönes!", forderte er, zwei kleine Sektflaschen ohne Etikett aus der Jackentasche holend. „Mutters Kellermeister hat ein bisschen experimentiert. Es schmeckt auch bei Zimmertemperatur", verriet er, als Angelo die beiden Flaschen kurzzeitig in den Tiefkühler legen wollte.

„Kelch oder Schale?", fragte Angelo.

„Kelch", schlug Giordano vor, die Flaschen öffnend, während Angelo die Gläser aus dem Schrank nahm.

„Oho, ein interessanter Goldton!", staunte Angelo, seinem Freund zuprostend. Nach dem Testschluck kniff er die Augen zusammen. „Erinnert mich ein klein wenig an Spumante, nur dass der Geschmack fruchtiger ist. Ein Glanzlicht für Süßschnäbel, würde ich sagen. Sie sollte ihn als Palio-Edition rausbringen, um die breite Masse anzutesten. Ich würde mir, so er verkaufsbereit ist, schon mal acht Kisten reservieren."

„Acht?" Giordano glaubte, sich verhört zu haben. „Dann ist er wirklich so gut, wie auch ich ihn empfinde."

„Welcher Name ist in Planung?"

„Noch keiner."

„Sie sollte ihn schlicht ‚Lea' nennen", schlug Angelo vor. „Süß, geheimnisvoll und voller Leben – so, wie dein Vater sie damals kennengelernt hat."

„Das ist es!", flüsterte Giordano mit großen Augen. „Du bist genial! Vier Kisten gehen auf mich!"

Schon am nächsten Morgen erfuhr er von Lea persönlich, dass sein Vorschlag angenommen

worden war. „Die restlichen vier Kisten gratis",
gab sie freudestrahlend bekannt.

Angelo bedankte sich genau so hoch erfreut.

Eifersucht

So froh die Contis waren, den unliebsamen Galan ihrer Tochter loszuhaben, so groß war die Sorge, dass er nun in seinem verletzten Stolz unschöne Register ziehen werde. Es dauerte auch keine zwei Tage, bis Benedetta seine Nummer sperrte, da er sie regelrecht mit Anrufen terrorisierte. Dass dies nur kurzzeitig helfen würde, ahnte sie und ließ ihre Nummer ändern. Gegen Abend begann er, vor ihrem Haus zu lauern.

Lea und Giovanni weihten Benedetta nun auch über den Geheimgang im Keller ein. Schweren Herzens entschloss sie sich, diesen Weg zu nehmen, obwohl sie sich davor gruselte.

„Es gibt wirklich nichts, wovor du dich hier unten fürchten musst", erklärte Lea, sie in den ersten Tagen immer begleitend.

Benedetta nickte. „Ich weiß das, aber es überläuft mich stets eiskalt, wenn ich an den Nischen vorbei muss, und mir bekannt ist, dass darin einst auch Tote lagen."

Lea streichelte Benedettas Wange. „Du musst lernen, das positiv zu sehen. Es sind deine Ahnen gewesen. Man hat ihnen seitens der Familie zu allen Zeiten Respekt gezollt. Sie werden deshalb auch über dich, als ihre Nachfahrin ihre schützenden Hände halten. So wie sie immer über mich und die ganze Familie wachen."

Benedetta blieb stehen. „Aber ja! Was in diesem Haus begonnen wird, führt immer zu einem guten Ende! Ich werde es beherzigen!" Sie berührte sogar zum ersten Mal mit den Fingerspitzen die jahrhundertealten Steine des Tunnels.

„Du musst auch keine Angst haben, sollte das Licht durch einen riesengroßen Zufall verlöschen. Wenn alle Stränge reißen: Hand an die Wand und Nischen zählen. Auf der linken Seite sind es vier, auf der rechten acht, von der Kellertür aus gesehen." Lea ließ Benedetta die Tür zur Garage öffnen, damit diese ein Gefühl dafür bekam.

Am Abend kam Benedetta allein durch den Gang zurück. „Ma, du hattest recht. Es ist nur eine Frage der Betrachtung. Mit dem richtigen Stolz, eine Conti zu sein, ist der Weg durch die Zeit, keine Hürde."

„Der Weg durch die Zeit", echote Giordano lächelnd. „Ja, das hat was. Wie war der erste Praktikumstag?"

„Aufregend", erwiderte Benedetta nach kurzem Überlegen. „Ich durfte der Empfangsdame bei der Kommunikation mit deutschen und österreichischen Gästen helfen. Zweisprachig aufgewachsen zu sein, ist in der Hotelbranche ein Segen."

„Klingt echt begeistert", schmunzelte Giovanni.

„Ja. Weil ich mir dadurch einen Bonus bei denen erarbeiten konnte, die am Morgen dieses abwertende Flimmern im Blick hatten", erklärte sie. „Ich habe den Chef gebeten, mich im Dienst genau so mit Vornamen anzusprechen und zu siezen wie alle anderen, ehe es böses Blut gibt."

„Sehr gut!", lobte Lea. „Kommt alle zu Tisch, das Abendbrot wartet!"

Giovannis Smartwatch summte. Nach kurzem Blick verfinsterte sich sein Gesicht.

„Pietro?", fragte Lea zaghaft und bekam ein frustriertes Nicken.

„Wenn der nicht bald die Belagerung aufgibt, zeige ich ihn wegen Stalking an", grollte Giovanni. „Sollte er dich unterwegs irgendwo belästigen, sag es mir", bat er Benedetta.

„Ich verspreche es. Es macht mir Angst, mit welcher Hartnäckigkeit er sein Spiel treibt. Ich schaue mich auch immer mehrmals nach allen Seiten um, ehe ich die Garagentür öffne."

Drei Tage später tauchte Pietro im Campo Regio auf. Benedetta sah ihn zufällig ins Lokal gehen. Aschfahl im Gesicht eilte sie zum Büro.

„Was ist passiert?", frage Angelo besorgt, weil sie am ganzen Körper zitterte.

Benedetta schloss die Augen und flüsterte kaum hörbar: „Pietro sitzt im Restaurant. Ich habe die Beherrschung verloren."

Angelo hob die Hände. „Dagegen kann ich leider nichts machen."

„Ich weiß", murmelte Benedetta tonlos.

„Ich bin durch deine Familie ziemlich genau informiert, was los ist. Du wirst deshalb heute hier oben Papierkram bearbeiten und ich werde dich zum Feierabend ein Stück des Weges begleiten."

„Vielen Dank!", strahlte Benedetta.

Sie erhielt einen Stapel Rechnungen, den sie mit den Bestellungen und Lieferungen abgleichen sollte.

„Falls du für kleine Königstiger musst, kannst du das in meiner Wohnung tun – letzte Tür rechts", schlug er vor.

Benedetta nickte dankbar. Auf dem Weg zur Personaltoilette war das Risiko zu groß, Pietro in die Arme zu laufen.

Und wie versprochen, begleitete Angelo sie zum Feierabend in die Nähe des elterlichen Hauses.

„Alles in Ordnung?", fragte Giordano, weil Benedetta etwas angegriffen wirkte. „Ärger mit dem Chef?"

Benedetta schüttelte wild den Kopf. „Ganz bestimmt nicht!" Sie begann zu erzählen.

Giovanni zog die Augenbrauen zusammen.

Auch an den folgenden Nachmittagen tauchte Pietro im Restaurant auf, um gemächlich Espresso zu trinken und Eis zu essen. Angelo

bereitete mit Benedetta die Touren der Nobel-
kunden aus Deutschland vor, um sie zu schützen.

„In drei Tagen wird es ernst", gab er bekannt.
„Dann kommen zehn superreiche Deutsche,
denen ich das Luxusprogramm der Extraklasse
angedeihen lassen werde. Hier ist der Zeitplan."
Er erschrak, beim Blick auf die Uhr. „Tut mir
leid, wegen der Überstunden. Ich vergüte sie dir
natürlich. Komm, ich bringe dich nach Hause,
ehe sich alle Sorgen machen."

Benedetta reichte in der Nähe der Treppe zur
Altstadt Angelo die Hand, um sich für diesen
Tag zu verabschieden. Die letzten paar Meter
war wohl nicht mehr mit irgendwelchen Nach-
stellungen zu rechnen. Da zerriss ein Schuss die
Stille. Angelo sackte zusammen.

„Um Gottes willen!", schrie Benedetta auf,
sich neben ihn auf den Boden kniend, sein
Gesicht streichelnd und nach der Schusswunde
suchend. Sie riss das Handy aus der Tasche.
„Giordano! Angelo ist nahe der Treppe ange-
schossen worden!"

„Um Gottes willen!", rief auch Angelo.

„Es ist nur das Bein", stöhnte Angelo mit
zusammengebissenen Zähnen. „Ruf meinen
Vater zu euch. Die paar Meter werde ich mit
Benedettas Hilfe schaffen."

„Benedetta, du führst ihn sofort durch den Gang. Ich nehme die Verantwortung auf mich und komme euch entgegen."

Da gingen auch schon überall die Fenster auf. Im Schatten der Mauer waren sie vorerst vor neugierigen Blicken geschützt. Benedetta musste schnellstens die stark blutende Wunde abbinden. In der Not nestelte sie ihren BH ab und schnürte ihn fest um Angelos Oberschenkel. Dann stemmte sich Angelo mühsam hoch, um die wenigen Schritte bis zur Treppe auf Benedettas Schulter gestützt zu überwinden. Ans hinunter Steigen war nicht zu denken und so ließ sich Angelo auf die oberste Kante sinken, um auf dem Hosenboden von Stufe zu Stufe nach unten zu rutschen.

„Ich schaffe es nicht", hauchte er, den Kopf an die Wand legend.

„Giordano wird gleich hier sein, dann tragen wir dich rein", versprach Benedetta. „Halte durch!"

Ihr Bruder tauchte auch wirklich einen Wimpernschlag später auf. „Rettungssitz", sagte er kurz und überkreuzte mit Benedetta die Hände.

Angelo quälte sich vom Boden hoch. Da hatten die ersten Neugierigen die riesige Blutlache oberhalb der Treppe entdeckt, Blaulicht zuckte Sekunden später durch die Nacht.

„Wirst du es schaffen?", raunte Giordano Benedetta zu.

„Ich muss!" Sie biss die Zähne zusammen.

„Schneller!", forderte Giordano, als Angelo immer wieder vornüber kippte.

Sie erreichten die Garage und stellten den schwer Verletzten auf die Füße, weil Giordano Tor und Geheimgang entriegeln musste. Benedetta versuchte alles, Angelo allein zu halten. Der glaubte zu halluzinieren, als er bemerkte, was für einen Weg die Geschwister nun einschlugen.

„Ich habe per Überwachungssystem ein Notsignal an Vater geschickt", verriet Giordano, wieder mit Benedetta den Rettungssitz formend.

Sie kamen gerade bis zum Keller, als Angelo bewusstlos wurde. Im selben Moment klingelte Manuele Sturm. Giordano hastete hinauf, um ihn einzulassen.

Manuele ahnte, auf welchem Weg sein Sohn ins Haus gebracht worden war. Er nahm mit Giordano den Bewusstlosen auf, Benedetta eilte mit seiner Bereitschaftstasche voraus und öffnete die Türen. Ihr Schlafzimmer war am nächsten, so trugen sie ihn rasch hinein und Dr. Ricci begann mit Kreislaufstabilisation und Untersuchung.

„Interessanter Druckverband", blinzelte er.

„Besser als gar keiner", murmelte Benedetta, leicht errötend.

„Hast du supergut gemacht", sagte Manuele dankbar.

Giordano zog sein Schwesterchen fest an seine Schulter, während der Doktor hochkonzentriert arbeitete. Angelo begann sich zu regen und bekam ein starkes Schmerzmittel gespritzt.

„Ich brauche Assistenz", sagte der Doktor kurz.

„Bereit!", antwortete Benedetta, sich Handschuhe überstreifend.

„Lange Pinzette, Tupfer und Zipperbeutel!"

Benedetta reichte zu, hielt den Beutel auf und erschrak, als Manuele das Projektil mit der Bemerkung hineinfallen ließ: „Sieht nach neun Millimeter aus."

„Also Kurzwaffe, sprich Pistole", brachte es Giordano in eine für Benedetta verständliche Form.

Die Haustür klappte. Augenblicke später standen Giovanni und Lea erschüttert am provisorischen OP-Tisch, Benedetta erstaunt in ihrer Rolle als Schwester beobachtend. Manuele versorgte weiter die Wunde.

„Es wäre gut, wenn er bis morgen hierbleiben könnte", sagte er, den am Türblatt hängenden Tropf kontrollierend.

„In Ordnung. Ich werde mich um ihn kümmern", versprach Benedetta, ehe ein anderer reagieren konnte. „Ich möchte mich nur gern umziehen." Sie zeigte auf ihre blut- und schmutzverschmierte Kleidung.

„Solange bleibe ich hier", versprach Giordano, den anderen erzählend, was geschehen war.

Giovanni griff zum Telefon und rief mitten in der Nacht den Polizeipräsidenten und Antonio an. Eine halbe Stunde später betraten zwei Polizisten in Zivil das Krankenzimmer, denen der Rechtsanwalt folgte. Benedetta erzählte sehr detailliert über die letzten Wochen und was vor einer Stunde geschehen war. Von der Garage oder gar dem geheimen Gang, fiel kein Wort. Angelo schien in tiefem Schlaf zu liegen. Antonio überließ den Beamten das Projektil, nachdem er es im Beutel von allen Seiten fotografiert hatte.

„Es ist ein Steckschuss, der knapp neben den großen Adern und nicht sehr tief eingedrungen ist", erklärte ihnen Manuele. „Er ist gesund und kräftig, weshalb ich davon ausgehe, das Problem allein lösen zu können. Ich möchte ihn jetzt auch nicht in einem Krankenhaus wissen, wo jeder beliebig hineinspazieren kann. Allerdings kann es ein paar Tage dauern, ehe er allein zurechtkommen wird."

„Was soll denn nun werden?", weinte Benedetta, als Antonio gegangen war. „In drei Tagen kommen ganz spezielle Gäste!"

„Du machst das schon", hörten sie Angelo wispern. „Ich gebe dir alle Vollmachten, mich zu vertreten. Gleich morgen. Für heute ist die Luft raus."

„Verrückter Kerl", flüsterte sie, sein Gesicht streichelnd. „Denkt an sowas, obwohl das Leben auch fast raus gewesen wäre."

„Dann kann es ja nur noch besser werden", hauchte Angelo, im nächsten Augenblick ganz fest einschlummernd.

„Wo willst du schlafen?", fragte Lea.

Benedetta zeigte auf ihr breites Bett. „Seine Hälfte, meine Hälfte."

„Alles klar."

„Ruf mich sofort an, wenn dir irgendwas komisch vorkommt", bat Manuele, mehrere Medikamente mit genauer Dosierung beschriftend. „Ansonsten bin ich morgen früh Punkt sieben Uhr hier."

„Ich rufe noch schnell im Hotel an, ehe sie es morgen aus der Klatschpresse erfahren", erklärte Benedetta, mit dem Handy nach nebenan verschwindend.

Giordano bat inzwischen seine Eltern um Verzeihung, den Tunnel benutzt zu haben.

„Das war das einzig Richtige in eurer Situation!", rief Giovanni. „Zudem ist bei Angelo das Geheimnis in wirklich guten Händen. Ich hoffe inständig, dass er schnell und vollständig genesen wird."

„Wie ich ihn kenne, und wie es Manuele auch anklingen ließ, wird er sich morgen nach Hause bringen lassen, sofern keine Verschlimmerung eintritt", seufzte Giordano. „Ich werde mich dort zusammen mit Benedetta um ihn kümmern. Denn sie wird keinen Schritt von seiner Seite weichen. Sie gibt sich in allem die volle Schuld."

„Keiner konnte ahnen, dass da einer offenbar völlig durchdreht, obwohl sie nicht einmal mehr mit Angelo liiert war. Denn ich glaube fest daran, denjenigen zu kennen, der auf ihn geschossen hat", warf Lea ein. „Ich würde es mir so sehr wünschen, fänden Benedetta und Angelo wieder zueinander."

„Na, da sind wir schon richtig viele!", rief Giordano. „Ich gehe jetzt erst mal Benedetta ablösen. Sie hatte noch nicht mal Abendbrot. Angelo sieht eher nicht so aus, als würde er heute etwas zu sich nehmen wollen."

„Alles den Umständen entsprechend in Ordnung", wisperte Benedetta, flugs zur Küche eilend.

Lea hatte bereits das Lieblingsessen ihrer Tochter bereitet, das diese überaus dankbar annahm. „Du siehst ziemlich mitgenommen aus", murmelte sie, Benedettas Hand streichelnd.

„Du auch, wie alle anderen." Benedetta wischte eine Träne weg. „Was würde ich geben, wenn ich es ungeschehen machen könnte! Nun kann ich nur seinen Auftrag akribisch und mit ganzem Einsatz abarbeiten, um seinen Vertrag zur vollen Zufriedenheit aller zu erfüllen. Ich werde deshalb ganztägig die Reiseleiterin der illustren Gesellschaft sein. Ich sehe dich also beim Weinfest, Pa bei der Verkostung, sowie Giordano in der Enothek."

„Diesen Part wird Pa übernehmen, falls dich Giordano bei der Krankenpflege vertreten muss", erklärte Lea.

„Die bin ich Angelo schuldig. Er hat alles getan, um mich zu schützen. Und nun ..." Benedetta begann hemmungslos zu weinen.

„Alles wird gut. Die Geister der Ahnen ... na, du weißt ja", blinzelte Lea. „Zudem ist er auch ein Nachfahre des ältesten Adels. Das zählt doppelt."

„Danke Ma!", strahlte Benedetta. „Auch wenn es vielleicht nur Zweckoptimismus ist."

„Anderes in unbestritten", schmunzelte Lea. „Liebe versetzt Berge."

Diesmal nickte Benedetta ganz heftig. Sie brachte das Geschirr in den Spüler und bettete sich, als Giordano signalisierte, dass soweit alles okay sei, an Angelos Seite zur Nachtruhe. Bei der winzigsten Bewegung in der anderen Betthälfte war sie hellwach und horchte in die Dunkelheit. Am Morgen war die Leichenblässe Angelos etwas mehr Farbe gewichen.

„Wie geht es dir?", fragte Benedetta, weil sich Angelo völlig irritiert in dem eigentlich gut bekannten Zimmer umsah.

„Wie komme ich denn hierher?", stellte er verständnislos die Gegenfrage, das letzte Wort betonend und erschrak, als er merkte neben Benedetta geschlafen zu haben. Schließlich gewahrte er den Tropf und auch die Schmerzen im Bein. „Ich glaube, ich erinnere mich", murmelte er. „Wenigstens zu einem Teil." Er fasste nach Benedettas Hand. „Danke, dass du mir das Leben gerettet hast."

Es klopfte und Manueles Stimme sagte: „Darf man schon eintreten?"

„Gern. Ich denke, du wirst nicht Ohnmacht fallen, mich im Pyjama anzutreffen", lachte Benedetta. „Keine nächtlichen Komplikationen und bei vollem Bewusstsein ist Angelo auch wieder."

„Die ersten guten Nachrichten des Tages!", freute sich Manuele.

Benedetta huschte ins Bad, um sich tagfertig zu machen.

„Ich müsste auch mal um die Ecke", stellte Angelo fest.

„Nix da! Nix mit Laufen!", rief Manuele protestierend.

„Daran sollte es nicht scheitern", winkte Benedetta ab, ihren Bürostuhl mit 5 Rollen aus dem Nebenzimmer holend. „Armlehnen sind dran, für mehr Komfort, du müsstest ihn nur vor der Toilette festhalten, damit Angelo nicht stürzt, wenn er sich umsetzt."

„Die perfekte Krankenpflegerin“, freute sich Manuele, Angelo aufhelfend. Benedetta hielt den Bürostuhl fest.

„Ich werde nicht meutern und auch nicht boykottieren, was ihr bereits beschlossen habt“, gab Angelo bekannt. „Ich habe Benedetta ja gestern schon weitreichende Vollmachten zugesichert, wenn ich mich recht erinnere, und werde ihre guten Ratschläge strikt befolgen, um schnell wieder fit zu werden.“

„Was?!“, stammelte Benedetta mit großen Augen.

„Pack am besten zusammen, was du in den nächsten Tagen brauchst“, lachte Giordano. „Ich biete mich als Gepäckträger an. Zudem bekommt jetzt Angelo eine weite Freizeithose von mir, die über den Verband passt, wenn wir ihn dann nach Hause bringen.“

Jetzt wartete erst einmal Lea mit leckerem Frühstück für alle auf. Benedetta versorgte Angelo im Bett.

„Du verwöhnst mich“, blinzelte er.

Benedetta schaute breit lächelnd auf die Uhr. „Als deiner persönlichen Assistentin liegt mir halt auch dein leibliches Wohl sehr am Herzen, Chef. Und als persönlicher Krankenpflegerin erst recht“, fügte sie hinzu. „Und komm bloß nicht auf die alberne Idee, mir irgendwelche Überstunden anrechnen zu wollen!“

„Hab ich einen Monitor auf der Stirn", schnappte Angelo erschreckt.

„Zwei ehrliche Augen genügen", blinzelte Benedetta. „Kann ich noch irgendwas für dich tun?"

„Das ist alles schon mehr, als ich erwartet habe", gab Angelo zu.

„In einer Stunde kommt die Feuerwehr mit einer Raupentrage für Treppen", erklärte Manuele. „Die bringt dich nach Hause. Benedetta wird dich im Fahrzeug begleiten, Giordano fährt mit Benedettas Koffern hinterher. Ich werde, so ich nicht speziell gerufen werde, zwei Mal am Tag als dein Leibarzt nach dir schauen und Benedetta einen Heilplan in die Hand drücken."

„Du hast wirklich vor, so lange bei mir zu bleiben?", staunte Angelo Benedetta an.

„Und noch länger, so du mir irgendwann verzeihen kannst", erwiderte sie wehmütig.

Diesmal lächelte Angelo breit. „Klare Ansage." Der Funke Hoffnung in seinen Augen, schickte sich an, ein Flämmchen zu werden.

Die ganze Belegschaft stand Spalier, als der Chef ins Haus gebracht wurde. „Ich danke Ihnen sehr!", sagte er hocherfreut. „Signorina Benedetta wird ab heute die Verbindungsstelle zu meinem Krankenbett sein. Und wenn sie außer Haus ist, Signor Giordano Conti. Wir werden uns bemühen, den Geschäftsablauf reibungslos zu gestalten."

Der spontane Beifall seiner Angestellten tat auch Benedetta gut, die die ganze Zeit die Flasche des Tropfs in die nötige Höhe hielt, und die sich im Büro sofort auf die Korrespondenzen stürzen werde, um Angelos Ausfallzeit bestmöglich zu überbrücken.

Die Sanitäter der Feuerwehr brachten Angelo professionell zu Bett und verabschiedeten sich mit guten Wünschen. Giordano und Benedetta richteten in Windeseile das Schlafzimmer arbeitstauglich ein.

„Ich bringe heute Abend den kleinen wendigen Drehstuhl aus Benedettas Arbeitszimmer mit", versprach Giordano, weil der Transport zur Toilette mit dem großen Chefsessel eine schweißtreibende Prozedur war.

Angelo hielt auch die verordneten Ruhezeiten peinlich genau ein, um Benedetta zu beruhigen, die ständig in Sorge war, ihm könne es an irgendetwas fehlen, wenn sie nicht in Rufweite war.

„Du bist überbesorgt", neckte er sie.

„Stimmt. Deswegen werde ich mir für die Stadtführung auch kleine Kärtchen mit Zahlen und Fakten für die Jackentasche laminieren, damit ja nichts schief geht", konterte Benedetta.

Mittags holte sie zwei Mal Essen aus dem Restaurant, wie es Angelo auch im Normalfall praktizierte. Jeder fragte, wie dem Chef gehe.

„Er braucht sehr viel Ruhe", seufzte Benedetta. „Ich versuche, ihm den Rücken freizuhalten."

„Was wird ab übermorgen werden?", sorgte sich die Empfangsdame.

„Ich werde den Chef vertreten, so gut ich es vermag", erklärte Benedetta. „Die meisten Veranstaltungen fußen auf der Zusammenarbeit mit meiner Familie. Es sollte also alles zur vollsten Zufriedenheit der Gäste stattfinden. Ob sie mich akzeptieren, werde ich merken."

„Das werden sie bestimmt tun. Immerhin sprechen Sie genau so perfekt Deutsch wie Herr Ricci", wiegelte die Dame ab. „Ich drücke für alles die Daumen."

„Lieben Dank!" Benedetta eilte zu Angelo hinauf.

Powerfrau Benedetta

„Hilfst du mir, zur Toilette zu kommen", bat er, kaum dass sie ins Zimmer trat.

„Du hast es doch nicht etwa allein versucht?", schimpfte Benedetta und bekam ein zaghaftes Nicken. „Kerle!" Sie hielt den Drehstuhl fest und schob ihn zum WC. „Ich weiß, wie unangenehm für dich die Situation ist, nur wirst du es hinnehmen müssen, dass ich jetzt hierbleibe, bis du wirklich auf der Toilette sitzt", gab sie bekannt. „Widerstand zwecklos!"

„Hast ja recht", murmelte Angelo, dankbar die Hilfe annehmend.

Sie schob ihn danach auch zum Waschbecken. Als er Anstalten machte, am Tisch essen zu wollen, reichte ein missbilligender Blick. Seufzend ließ er sich ins Bett bringen. Benedetta verabreichte ihm zuerst die Medikamente, dann setzte sie vorsichtig das Tablett mit dem Teller auf die Bettdecke. „Sag, wenn ich bei irgendetwas helfen soll. Denn dafür bin ich hier. Wenn du mich nachts aus deiner Nähe haben willst, weil du dich restlos genervt fühlst, beziehe ich eines deiner kleinen Gästezimmer."

Angelo fasste nach ihrer Hand, zog sie auf die Bettkante, um sie ganz fest an seine Schulter zu drücken. „Ich möchte, dass du bei mir schläfst, auch wenn ich dich vielleicht nerve."

„So soll es sein", flüsterte Benedetta, seine Hand streichelnd.

Als sie das leere Geschirr zurück zur Hotel-Küche trug, zog der Oberkellner eine Zeitung aus der Schublade. Mit den Worten: „Dieser Kerl hat ein paar Tage lang hier gegessen", hielt er sie Benedetta hin. Pietro in Handschellen auf dem Weg ins Polizeiauto.

„Ich weiß. Das war der Grund, weshalb mich der Chef nur im Büro eingesetzt und abends sogar ein Stück des Weges begleitet hatte", erwiderte Benedetta. „Wobei noch nicht sicher ist, ob der Schuss wirklich ihm oder eher mir galt. Ich werde übermorgen mein Bestes geben, um die Gäste mit einem Feuerwerk der Eindrücke zu verwöhnen, wie es ihm ein Leichtes wäre."

„Wir auch!", schwor der Oberkellner. „Passen Sie gut auf ihn auf!"

„Versprochen!"

„Gibt es was Neues, in der Welt da unten?", fragte Angelo, als sie zurückkam.

„Deine Belegschaft strahlt volle Energie aus, um keinen einzigen Schatten auf dich zu werfen. Dann gibt es das hier." Sie reichte ihm die Zeitung, die sie noch schnell im Foyer gekauft hatte.

Angelo las den Artikel nach außen hin völlig emotionslos. „Gut, zu wissen. Wenn er einsitzt, kann er dir vorerst nichts antun."

„Versuche, ein wenig zu schlafen", bat Benedetta. „Ich werde derweil die eingegangenen Rechnungen buchen und die Mails zur Beantwortung vorbereiten."

Angelo schloss wirklich sofort die Augen. Benedetta betrachtete ihn sorgenvoll. Er werde sicher, gegen jegliches Verbot, die speziellen Gäste persönlich begrüßen wollen. Plötzlich kam ihr eine Blitzidee. Sie recherchierte im Internet, tätigte drei Anrufe und widmete sich zufrieden lächelnd der Büroarbeit.

Zwei Stunden später summte ihr Handy, worauf sie sofort an die Tür ging. Als sie den Aufzug in der oben Etage aufgehen hörte, öffnete sie auch die Bürotür. Sie nahm die Lieferung entgegen, quittierte, erhielt die Rechnung und brachte ihren Kauf in den Korridor vor der Schlafzimmertür.

Angelo wurde vom Espressoduft munter, der kurz darauf durch die Wohnung zog. Da nahte auch schon Benedetta mit dem Tablett.

„Einmal bitte vorher für kleine Königstiger", bat Angelo, sich vorsichtig aufsetzend, dabei heftig das Gesicht verziehend und nach dem Bürostuhl spähend.

„Ich habe dir was Besseres besorgt", erklärte Benedetta.

„Ein Rollstuhl!", staunte Angelo.

„Weil ich meinen Hintern darauf verwetten könnte, dass du die mondäne Gesellschaft um jeden Preis selbst begrüßen wirst. Auch wenn du weißt, dass du danach halbtot zusammenbrichst."

„Oooops. Erwischt", gab Angelo kleinlaut zu, sich umso mehr freuend, welch geniale Lösung ihr dafür eingefallen war.

„Bis dein Vater grünes Licht zum selber Fahren gibt, wirst du dich ganz brav schieben lassen", gebot Benedetta. „Zumindest kannst du jetzt allein unmittelbar an der Toilette agieren."

Er rief sie auch wirklich sofort, als er wieder im Rollstuhl saß.

„Wenn du ihn, hoffentlich bald, nicht mehr brauchst, stellen wir ihn im Lager ab, falls es mal einen der Gäste böse auf unserem Pflaster erwischt", schlug sie vor.

„Wird gemacht", nickte er den hervorragenden Plan ab.

Nach dem Espresso frönte er dem Job, staunend, wie gut sie alles vorbereitet hatte.

Noch zwei andere staunten an diesem Tag: Giordano und Manuele. Der eine, wie schnell seine Schwester von der verzärtelten Prinzessin zur hart arbeitenden Königinnenanwärterin geworden war, der andere wie perfekt sein Sohn umsorgt und bei jeglichem unterstützt wurde. Er verband, assistiert von ‚Schwester' Benedetta die Wunde neu.

„Sieht ganz passabel aus", freute er sich.

„Dabei habe ich immer Furcht, irgendwelche Keime mit dem Bürozeug hier herein zu schleppen", murmelte Benedetta. „Ich desinfiziere jedes Mal vorher alles, was irgendwie zu desinfizieren geht."

Angelo schaute sie verblüfft an. Er hatte nicht geahnt, welche Vorkehrungen sie jedes Mal traf, wenn er einen Sonderwunsch äußerte.

Am großen Tag, wie es alle nannten, brachte Benedetta zum größten Erstaunen der Angestellten Angelo im Geschäftsanzug per Rollstuhl ins Foyer, wo er mit warmherzigen Worten die Gäste empfing und ihnen Benedetta als seine rechte Hand zur Seite stellte. Die mit einem Verband geschützte Kanüle, die hin und wieder aus dem Jackettärmel hervorschaute, zeigte den Gästen, dass die Verletzung schwerer sein musste, als sie vermutet hatten.

Giordano übernahm es, Angelo sofort wieder hinauf und ins Bett zu bringen sowie ihm diesen ganzen Tag Gesellschaft und Pfleger-Dienste zu leisten.

Benedetta teilte derweil die kleinen Stadtpläne aus. „Eine winzige Hilfestellung, sollten Smartphones plötzlich keinen Empfang haben, um Standort oder Route orten zu können", lächelte sie. „Sie finden unsere Telefonnummer darauf, um per Anruf den Weg aus dem Gewirr der mittelalterlichen Gassen zu erfahren, in die wir uns jetzt gemeinsam begeben werden. Bitte folgen Sie mir."

In den Spiegelungen der Eingangstür taxierte sie unbemerkt das Schuhwerk der Ausflügler, an dem es nichts auszusetzen gab. Es wurde ein kurzweiliger und vergnüglicher Spaziergang zu den Sehenswürdigkeiten, Benedetta beantwortete unzählige Fragen und führte die kleine Schar ganz bewusst an den Nobelgeschäften vorbei zurück zum Hotel. Die eine oder andere setzte sich Kreuze auf den Stadtplan, wie sie schmunzelnd bemerkte.

„Hier schließt sich der Kreis", sprach sie, nach zweieinhalb Stunden wieder vorm Hotel angekommen. „Ich überlasse sie nun unseren dienstbaren Geistern im Kulinarikbereich. Lassen Sie sich die Köstlichkeiten aus der Region auf der Zunge zergehen. Bei Fragen bin ich jederzeit über den Empfangstresen erreichbar. Ich wünsche Ihnen zauberhafte Stunden in unserem Haus."

„Perfekt", raunte ihr die Dame am Tresen zu, beide Daumen hebend.

„Danke!" Benedetta eilte zum Aufzug. Sie zog Hausschuhe an, um sofort vorsichtig durch die Schlafzimmertür zu spähen.

„Alles gut", erklärte Angelo lächelnd, ehe sie ihn oder Giordano fragen konnte, ob alles in Ordnung sei.

Benedetta atmete einmal tief durch. „Hervorragend.“

„Ich hole Kuchen von unten!“ Giordano blinzelte beiden vergnügt zu.

„Und ich fülle schon die Tassen mit Espresso!“, rief Benedetta hinterher.

Angelo lachte herzlich. „Du siehst zufrieden aus.“

Benedetta nickte. „Das bin ich auch auf ganzer Linie. Ich habe die Runde in umgekehrter Reihenfolge gedreht, weil schon drei andere richtig große Gruppen jede Sicht versperrten. Und ich habe den Rückweg vorbei an den Nobelgeschäften gewählt. Du hättest sehen sollen, wie sie sich Kreuze in den Stadtplan gesetzt haben! Ich denke, ich habe genau den Nerv getroffen.“

„Das vermute ich auch, wenn sie so reagiert haben“, freute sich Angelo. Sein warmherziges Lächeln streichelte Benedettas Seele.

„Oh, jetzt muss ich schnell machen! Sonst ist Giordano eher mit dem Kuchen da, als ich den Espresso in den Tassen habe“, kicherte sie vergnügt.

Angelo stellte das Kopfteil des Bettes fast senkrecht, Benedetta rollte zwei Kissen zusammen, auf denen das Tablett aufliegen sollte, um den verletzten Oberschenkel nicht zu belasten. Der Laptop wanderte auf einen Nachtschrank und die Conti-Geschwister setzten sich an den kleinen rollbaren Bürotisch.

„Zwei Damen aus eurer Gruppe sind gerade auf dem Weg zu Dior und Valentino", verriet Giordano grinsend.

„Perfekt von Benedetta eingefädelt", schmunzelte Angelo.

Eine Stunde später stand Manuele vor der Tür. „Mit großem Hofstaat", witzelte er, weil Giordano auch noch da war.

„Wer hat, der kann", grinste Giordano. „Die Rollsänfte war auch schon im Einsatz, damit der Regent die Abgesandten aus fernen Landen begrüßen konnte."

Benedetta begann amüsiert zu kichern. „Kopfkino! Mir schwebte gerade ein bisschen ‚(T)Raumschiff Surprise' vor."

„Das haben wir bei den Minnichs, den Großeltern der beiden, angeschaut. Ist eine deutsche Kinokomödie mit absolut herrlichem Klamauk", erklärte Angelo mit einem vergnügten Schmunzeln.

Manuele war schon dabei, den Verband abzuwickeln. Benedetta streifte Handschuhe über, um sofort zu assistieren. „Hmm, noch immer geschwollen. Das gefällt mir nicht wirklich", murmelte er. „Hoffen wir mal, dass keine zu große Narbe bleibt, die jahrelang Komplikationen verursachen kann."

„Wirklich gute Nachrichten klingen anders", seufzte Giordano.

Benedetta schloss die Augen und versuchte mühsam, die aufsteigenden Tränen niederzukämpfen.

„Kein Grund zur Panik", tröstete Manuele. „Alles ist in einem angemessenen Zustand, sagt der Arzt in mir. Als Vater, wäre es mir verständlicherweise lieber, wenn es schneller über die Bühne ginge. Aber auch da will gut Ding Weile haben."

Das sahen die jungen Leute vollkommen ein. Weil Giordano zu Fuß unterwegs war, brachte ihn Manuele mit dem Auto nach Hause.

„Kann ich noch irgendwas für dich tun, das dir vielleicht am Herzen läge, und du Sorge hast, mich damit zu belasten?", fragte Benedetta.

„Da wäre wirklich was", murmelte Angelo. „Ich möchte gern duschen, obwohl das sicher unmöglich ist."

„Lass mich nachdenken." Benedetta kniff die Augen zusammen. „An einer Sitzgelegenheit in der Dusche sollte es nicht mangeln. Ein Kunststoffhocker, wie in den Hotelzimmern, dürfte aufzutreiben sein."

Angelo nickte freudig.

„Und mit dem Verband ... hmm ... da fällt mir auch was ein ..." Benedetta hob beide Zeigefinger, bewegte sie kurz und rief: „Bin in wenigen Augenblicken wieder da!"

Aus den wenigen Augenblicken wurde eine Viertelstunde, aber sie kam nicht mit leeren

Händen. „Hocker, Plastikfolie, Stretchfolie damit des wirklich wasserdicht ist. Einseifen, Abduschen, Abtrocknen."

„Ja, Mama", blinzelte Angelo treuherzig.

„Und du wirst mich dabei ertragen müssen, damit du um Himmels willen nicht stürzt. Ich könnte sonst nie wieder ruhig in den Spiegel sehen und dein Vater würde mir den Hals umdrehen, kämst du durch meine Schuld erneut zu Schaden."

„Es war nicht deine Schuld", erwiderte Angelo.

„War es. Ohne mein spätpubertäres Gehabe, wäre das alles nicht passiert", gab Benedetta traurig zurück. „Nur kann ich es nicht mehr ungeschehen machen und werde mein Leben lang daran denken."

Angelo winkte sie mit dem Zeigefinger heran, zog sie auf die Bettkante und an seine Brust. Sofort sprudelten bei Benedetta wieder Tränen. „Trostküsschen?", fragte er, ihr Haar streichelnd. Das heftige Nicken ließ ihn schmunzeln. Also hob er mit dem Zeigefinger ihr Kinn an, um sie so sinnlich zu küssen, dass ihr heiß und kalt wurde. „Ich habe nie aufgehört, dich zu lieben", wisperte er ihr ins Ohr. „Na, na, du wirst mich noch ertränken", weil sie nun beinahe in Freudentränen zerfloss.

„Ich kümmere mich jetzt erst mal ums Abendbrot, dann ums Duschen, denn für morgen ist ja alles zeitlich geklärt", blinzelte Benedetta.

„Und ich mich ganz zum Schluss, dass du mit angenehmen Gedanken einschlafen kannst", versprach Angelo.

Benedettas Herz begann, wie ein Schmiedehammer zu klopfen. „Du musst mir ganz fest versprechen, auf dein Bein zu achten!"

Angelo blinzelte ihr verschwörerisch zu, was sie ein klein wenig beruhigte. Er war kein Hasardeur. Deshalb scheute er sich auch nicht zuzugeben, doch etwas mehr Hilfe bei der Körperpflege zu benötigen. Das Ende vom Lied war, dass Benedetta laut überlegte, ob es nicht vielleicht besser sei, wenn sie gleich mit unter die Dusche gehe, ehe es die totale Überschwemmung gebe. Das begeisterte Nicken ließ sie hellauf lachen.

Als es dann so weit war, stellte Angelo betrübt fest, dass es eine anregende, aber leider nicht durchführbare, Idee gewesen war, schon unter der Dusche auf Körperkontakt zu gehen. Die Wunde rumorte viel zu heftig. So streifte sich Benedetta nach dem Abtrocknen rasch ein langes T-Shirt über, um ihm beim Frottieren und Ankleiden zu helfen.

Er protestierte auch nicht, als sie ihn für das Zähneputzen ans Waschbecken schob. „Es tut mir leid", murmelte er.

„Jetzt höre aber auf!", schimpfte Benedetta. „Ich habe dir die Suppe eingebrockt! Wenn du wieder gesund bist, holen wir es doppelt und dreifach nach."

„Versprochen?"

„Versprochen!" Dass das vorsichtige Anku-scheln und das zärtliche Streicheln, das er ihr angedeihen ließ, wurden mit Begeisterung ange-nommen. „Ja, auch so werde ich mit ganz wun-dervollen Gedanken einschlafen", flüsterte sie, seinem gleichmäßigen Herzschlag lauschend.

Als Manuele bei der Morgenvisite bekannt gab, Angelo dürfe langsam beginnen, sein Bein zu belasten, lächelten beide jungen Leute derart glücklich, dass er in herzliches Lachen ausbrach. Angelo versprach, sich vorerst im Rollstuhl fort-zubewegen, sich mittags für mindestens eine Stunde hinzulegen und im Falle jeglicher Ver-schlechterung sofort anzurufen. Dass er zum Essen ins Restaurant fahren werde, um auch die Belegschaft zu beruhigen, sah man ihm an der Nasenspitze an. Benedetta verabschiedete sich mit einem leidenschaftlichen Kuss von ihm in einen langen Arbeitstag.

„Sie scheint pure Medizin für dich zu sein", blinzelte Manuele zur Zimmertür, die Benedetta soeben hinter sich geschlossen hatte. „Die Wundheilung geht plötzlich erstaunlich flott voran."

„Ich glaube, das trifft den Nagel mitten auf den Kopf", gab Angelo lächelnd bekannt. „Ich habe vor, sobald sie ihr Studium beendet hat, ihr einen Job als mitarbeitende Ehefrau anzubieten."

Manuele musste die Espressotasse abstellen, so sehr lachte er über den witzigen Rundumschlag Richtung Zukunft. „Willst du mit dem Antrag wirklich so lange warten? Du weißt, welche Register Giovanni für die Hochzeit ziehen wird", sagte er schließlich im Tonfall einer Feststellung statt einer Frage.

„Ich denke schon." Angelo lächelte vergnügt. „Und du kannst sicher sein, dass ich für eine standesgemäße Hochzeit meiner Traumfrau ebenfalls Vorkehrungen getroffen habe. Die waren der Grund, wegen des Hotels um finanzielle Unterstützung zu bitten. Ich wollte auf gar keinen Fall meinen gefüllten Sparstrumpf antasten, was sich nun als guter Schachzug herausstellt. Im nächsten Jahr könnte ich schuldenfrei sein. Was ich wiederum Benedetta verdanke, die mich im Augenblick perfekt vertritt. Noch mehr Gründe, eine Adelshochzeit auch von unserer Seite her zu zelebrieren."

Manuele nickte versonnen. „Ja, das habe ich voll im Blick. Sie wird einer Schwiegertochter würdigen Familienschmuck aus meinem gut gehüteten Schatzkästchen von dir bekommen. Ich gehe davon aus, dass die Zeremonie ähnlich wie bei Lea und Giovanni ablaufen wird. Die ganze contrada del drago wird wieder tagelang in aller Munde sein, wie sonst nur beim Palio. Wir Drachen haben es eben drauf. Ach, das wird herrlich!" Manuele rieb sich genüsslich die Hände und legte einen Finger vor seine Lippen.

Angelo antwortete mit der gleichen Geste nebst einem breiten zufriedenen Schmunzeln.

Benedetta hatte inzwischen mit ihrer bestens gelaunten Luxus-Reisegruppe den Kleinbus bestiegen und gab ein paar Vorabinformationen zum Weinfest, das man heute besuchen werde. Als die Rede von extravagantem Olivenholz-schmuck war, den man dort ebenfalls finden könne, bekamen die Damen große Augen.

Nur die Familie wusste, dass Lea extra für diese Gäste persönlich in der Perlenmanufaktur gewesen war und aus handverlesenen Kügelchen Sets mit Weiß- oder Gelbgold geschaffen hatte. Sie hatte auch Kristallglas gravieren lassen, um die Kauflust der gutbetuchten Urlauber anzuregen.

Lea begrüßte die Ehrengäste natürlich persönlich und musste schmunzeln, als eine der Damen ihrem Gatten zuwisperte: „Unglaublich, wie perfekt sie Deutsch spricht!"

„Ich bin in Deutschland geboren, meine Damen und Herren", gab sie schließlich bekannt, worauf die Gespräche detailliertere und tiefgründigere Formen annahmen.

Benedetta hielt mühelos mit, womit sie für Erstaunen sorgte.

„Sie heißt Conti und eine große Ähnlichkeit ist unübersehbar. Sie sind sicher miteinander verwandt", stellte jemand halblaut fest.

„Ja, ich bin Signora Leas Tochter", gab Benedetta mit charmantem Lächeln zu. „Morgen in der Enothek wird Ihnen mein Bruder Giordano Rede und Antwort stehen. Wein ist unser Metier."

„Aha! Dann ist der Herr der Weinberge, den wir übermorgen besuchen, Ihr Vater, vermute ich!", rief eine der Damen.

„Das ist richtig", bestätigte Benedetta. „Nur ist er gebürtiger Italiener und ich werde für Verständigung sorgen."

„Hervorragend!", freute sich die ganze Gruppe.

Lea blinzelte Benedetta unbemerkt zu. Alles richtig gemacht.

Schmuck und Wein als Mitbringsel wurden reichlich gekauft, sodass Giordano und Giovanni abends gespielt theatralisch im Chor riefen: „Lass uns auch noch Käufer übrig!"

Lea lachte befreit auf. „Und da hatte ich im Vorfeld allen Ernstes gedacht, ich bliebe auf meinen Luxuswaren sitzen! Benedetta hat allerdings derart feinfühlig die Kauflust angeheizt, dass die Damen gar nicht anders konnten."

„Mit steigendem Alkoholpegel waren sie sicher noch empfänglicher", kicherte Giordano.

„Wie immer halt", grinste Lea vergnügt, „nur auf finanztechnisch höherem Niveau. Wobei ich sagen muss, dass auch diejenigen, die am Ende deutliche Schlagseite hatten, eine gewisse Contenance bewahrten."

Benedetta war, als sie sich im Hotel von den Ausflugsteilenehmern verabschiedet hatte, zu Angelo geeilt.

„Alles in Ordnung", gab er lächelnd bekannt. „Wie war dein Tag?"

Sie lächelte zurück und ließ sich mit geschlossenen Augen in einen Sessel fallen. „Ich habe das Maximale für alle rausgeholt – für die Gäste, für dich und für meine Ma. Sie freuen sich schon riesig auf die nächsten beiden Tage, aber vorher noch aufs Abendbrot, weil es ihnen hier ausgezeichnet schmeckt. Ich habe von unterwegs für die komplette Gruppe *scottiglia* beim Chefkoch geordert. Sie hatten gefragt, ob auch mit Wein gekocht wird, worauf ich ihnen die Zutaten verraten habe. Das Ende vom Lied: Alle wollen die Spezialität genießen. Federico hat mir zugesichert, einen der teuren Weine zu verwenden."

„Prima! Auf ihn kann ich mich felsenfest verlassen", freute sich Angelo. „Ich bin glücklich, dass du da bist und mit Herzblut ans Werk gehst."

Benedetta blinzelte ihm vergnügt zu. „Ich werde jetzt erst mal Abendbrot für uns beide holen, ehe von der leckeren *scottiglia* nichts mehr übrig ist."

„Guter Plan!", schmunzelte Angelo, froh, mittags nur ein schnelles Häppchen gegessen zu haben.

Federico wunderte sich nicht, als Benedetta ihren Wunsch vortrug. Er packte zwei volle Teller in Styroporboxen. „Das müssen Sie doch nicht tragen. Nehmen Sie einen der kleinen Servierwagen", schlug er vor, was Benedetta erfreut in die Tat umsetzte.

Der Antrag

Angelo hatte das Besteck bereitgelegt und die Kerzen auf dem Tisch angezündet.

„Solltest du dich nicht schonen?", fragte Benedetta mit besorgtem Unterton.

„Pack mich nicht zu sehr in Watte", blinzelte er. „Ich habe wirklich ausgiebig geruht, um die Heilung nicht zu gefährden. Ab morgen kommt ein Physiotherapeut, der mit mir gezielte Bewegungsübungen macht."

„Gut, dann will ich nicht nörgeln", gab Benedetta lächelnd bekannt.

„Mein Vater ist doch selber völlig überrascht, wie schnell sich die Wunde schließt", lachte Angelo, Benedettas Hand streichelnd.

Ihr Lächeln verstärkte sich. „Das tut gut", flüsterte sie mit halb geschlossenen Augen.

„Dann muss ich wohl die Gelegenheit am Schopf packen und Nägel mit riesengroßen Köpfen machen, indem ich dich vom Fleck wegheirate", raunte Angelo.

Benedetta erstarrte, riss die Augen auf und stammelte: „Da ... das würdest du tun?"

Heftiges Nicken und die Frage: „Willst du meine Frau werden?"

Benedetta umrundete den Tisch, fiel Angelo um den Hals und hauchte ihm ins Ohr: „Ja, ja, ja und immer wieder ja!"

Er hielt sie mit deutlich hörbarem Herzklopfen fest im Arm und zog geräuschvoll die Nase hoch. Benedetta schnüffelte in gleicher Weise, fasste zeitgleich mit Angelo in die Hosentasche und sagte völlig deckungsgleich mit ihm. „Taschentuch?"

Vergnügt lachend tauschten sie die Tücher hin und her, ehe sie in einem langen sinnlichen Kuss versanken. Benedettas Magenknurren erinnerte sie schließlich daran, dass es höchste Zeit wurde, Abendbrot zu essen.

Ihre Augen strahlten mit den Flammen der Kerzen um die Wette, wie Angelo mit einem zufriedenen Lächeln feststellte. „Verraten wir es ihnen?", blinzelte er.

Benedetta nickte heftig. Als alles andere erledigt war und sie sich in den gemütlichen Salon zurückzogen, setzte Angelo eine Konferenzschaltung zu Benedettas und seinen Eltern sowie Giordano.

„Oh festliche Stimmung", sagten Giovanni und Manuele wie aus einem Mund und in genau dem gleichen Tonfall, was alle anderen herzlich lachen ließ.

„Im Lotto gewonnen?", blinzelte Giordano.

Benedetta lächelte vergnügt. „Ähnliches. Ich habe mich Angelo versprochen."

„Also Sechser mit Zusatzzahl", rieb sich Giovanni die Hände, worauf Manuele breit grinsend beide Zeigefinger hob.

„Familienfeier nächste Woche bei mir im Saal, falls mir Pa nicht die Ohren langzieht, wegen Wundheilung und so", schmunzelte Angelo.

Giordano winkte ab. „Hast doch einen angesehenen Arzt in der Runde, da passt das schon."

„Das hätte ich jetzt auch fast gesagt!", kicherte Lea.

Gianna tupfte unzählige Freudentränen weg.

„Habt ihr schon Pläne?", wollte Giovanni wissen.

Beide schüttelten die Köpfe und Benedetta setzte hinzu. „Egal wann, es wird keinen negativen Einfluss auf mein Studium haben. Im Gegenteil. Es gibt nun viele Gründe, einen soliden Abschluss haben zu müssen. Schon, Angelo keinen zusätzlichen Kummer zu machen, ist einer davon."

„Du willst doch nicht etwa handzahm werden?", staunte Giordano.

Benedetta schmunzelte. „Klingt vielleicht komisch, aber genau das habe ich vor. Alles andere ist als definitiv unbrauchbar abgetan. Und im Übrigen habe ich festgestellt, das Fremdenführungen Spaß machen."

„Schade, dass Mario das nicht mehr erlebt", seufzte Lea. „Der würde jetzt glatt vor Freude wie Rumpelstilzchen ums Feuer springen."

Giovanni nickte stumm.

Benedetta versprach: „Ich werde einen Blumenstrauß auf sein Grab stellen, ihm berichten und um seinen Segen bitten."

„Gehen wir gemeinsam", schlug Angelo vor. „In wenigen Tage ist sein Geburtstag."

„Und nicht irgendeiner", warf Giovanni ein. „Es ist der Einhundertzehnte. Wir werden ihm alle gemeinsam an seiner letzten Ruhestatt gedenken."

Benedetta überlief ein merkwürdiger, aber nicht unangenehmer Schauer. „Danach suchen wir noch die Familiengruft auf, weil ich die Altvorderen ehren möchte. Ohne sie, das heißt, ohne ihren wundervollen Tunnel, hätten wir in der schlimmen Nacht ganz erheblich mehr Probleme gehabt."

Das bestätigten die Familie und Manuele, als Eingeweihte, durch stummes Nicken.

„Weitsicht und Stärke der Conti können also auch erst später durchbrechen", überlegte Giordano laut.

„Scheint so", schmunzelte Benedetta. „Über Frauen hat sich ja nie einer detailliert schriftlich ausgelassen, wenn ich die Chroniken richtig deute. Diese waren wohl früher nur dringend benötigte, aber durchaus angebetete Anhängsel."

Giovanni und Manuele begannen schallend zu lachen. „Gelungene Analyse", sagten sie dann im Chor, worauf die anderen in Gelächter ausbrachen.

Benedetta wusste bestens, dass die Riccis einst Grafen gewesen waren, wie die Contis Herzöge. Die Väter würden es bezüglich der Hochzeit richtig krachen lassen und die ganze Contrada in Aufruhr versetzen.

„Damit steht erst mal fest, wann wir nicht heiraten sollten", blinzelte Angelo. „Zwei Wochen nach den Palio erscheint mir sinnvoll. Sollten wir Drachen gewinnen, wäre die Contrada noch komplett geschmückt und könnte nahtlos von einem Freudentaumel in den nächsten fallen."

„Also Mitte Juli oder Ende August", fasste es Giordano in Worte.

„Und siegen wir nicht, richten wir alle mit einem Volksfest wieder auf", blinzelte Giovanni.

„Dann Ende August", erklärten Benedetta und Angelo nach kurzem Blickwechsel.

„Prima, so passt es auch mit der Weinlese und wir können die Hochzeit relativ entspannt vorbereiten", freute sich Giordano.

„Du musst auch nicht mit einer Tischdame erscheinen, wenn du das nicht möchtest", gab Angelo Giordano zu verstehen, weil der nie an irgendwelchen Frauen näheres Interesse gezeigt hatte.

„Danke für den Tipp", schmunzelte der. „Ich bin mir aber ziemlich sicher, dass ihr meine Tischdame mögen werdet."

Alle rissen die Augen auf.

„Wer ist sie?", fragte Lea sofort.

Giordano legte blinzelnd einen Finger vor seine Lippen. „Pssst. Für dich dürfte sie besonders interessant sein. Aber bis dahin schön neugierig bleiben."

Nun schauten alle Angelo an, der schließlich die Schultern hob und ratlos den Kopf schüttelte.

Giovanni begann zu lachen. „Dass er Geheimnisse nicht ausplaudert, wenn keine Notwendigkeit dazu besteht, dürften alle wissen. Ich muss da sicher nur an unseren Tunnel erinnern."

„Das heißt, wir hätten in anderem Fall erst zu seiner eigenen Hochzeit erfahre, wer sie ist", platzte Manuele kichernd heraus.

Giordanos vergnügtes Grinsen wurde noch breiter. „Möglich."

„Wenn es nicht mal Angelo weiß, können wir uns auch alle Spionageversuche sparen", stellte Antonio lakonisch fest.

„Du gibst auf?", schnappte Manuele.

Antonio grinste nun fast so breit wie Giordano. „Ich? Nie!"

Worauf der ihm viel Spaß bei der Recherche wünschte. Dass er damit die Neugier noch mehr anstachelte, war zu erwarten gewesen.

Antonio winkte ab. „Ich schwöre, ich werde nicht spionieren. Wichtiger ist im Augenblick, dass ich dem hinterhältigen Schützen die Höchststrafe zukommen lasse."

„Man hat den Ort bestimmt, von wo aus Pietro geschossen haben muss. Die gefundene Patronenhülse wurde eindeutig aus einer Pistole aus dem Besitz seines Vaters abgefeuert. Pietro hat zwar versucht, seine Fingerabdrücke abzuwischen, einen aber nicht erwischt. Auch am Waffenschrank überlagern die Fingerabdrücke Pietros die seines Vaters, der seit Jahren nicht mit den Waffen hantiert hat. Sein Sohn war nicht befugt, sich des Schlüssels zu bedienen. Wie in Fachkreisen durchgesickert ist, hat der Senior seinen Filius bereits enterbt."

Benedetta überlief ein Schauer. Sie fasste nach Angelos Hand.

„Wem der Anschlag galt und was er damit bezweckte, hat der Delinquent noch nicht ausgeplaudert. Aber es ist nur eine Frage der Zeit, das detailliert herauszufinden. Spätestens bei der Gerichtsverhandlung. Er soll nächste Woche unter Auflagen aus der U-Haft entlassen werden."

„Na prima", murmelte Angelo sarkastisch und fügte hinzu, als Antonio tief Luft holte: „Ich weiß ja, dass du es nicht verhindern konntest."

Der Anwalt hob die Schultern. „Ich weiß, wie wenig beruhigend es klingt, dass er sich weder Benedetta, Angelo, dem Hotel noch den Familien und Wohnhäusern nähern darf."

„Als was stellt er den Schuss hin?", fragte Lea.

„Versehentlich gelöst", brummte Antonio.

Gianna schüttelte verständnislos den Kopf. „Das ist doch an Frechheit kaum zu überbieten."

„Darüber sind wir uns alle einig", erklärte Antonio. „Sprechen wir lieber über schöne Dinge. Über Leas Renn-Edition zum nächsten Palio oder so."

Die lachte herzlich. „Wein, Essig und Saft, damit die Kleinen alles aus der Packung selbst nutzen können."

„Saft?", staunte Antonio.

„Ja, den steuert der liebe Giovanni offiziell bei, der auch Mal was an dieser Art Sondereditionen verdienen will", kicherte Lea. „Meine Produktion ist mit Wein und Essig voll ausgereizt und erweitern kann ich nicht."

„Noch nicht", grinste Giordano. „Es gibt da ein Gerücht, dem ich auf den Grund gehen muss."

„Der kleine Weinberg neben euch?", warf Claudia ein.

Giordano riss die Augen auf. „Du hast auch davon gehört?!"

„Ja, beim Friseur." Claudia hob die Schultern.

„Na, okay, Onkel Antonio fährt die Antennen aus", rieb sich der Rechtsanwalt die Hände.

„Dann weiß ich, dass die Sache klar geht", erwiderte Angelo im Brustton tiefster Überzeugung.

Das Gelächter darüber war sicher in der halben Contrada zu hören.

„Schade, dass Großmutter und Großvater nicht kommen können", seufzte Benedetta, weil die beiden körperlich nicht mehr in der Lage waren, lange Reisen auf sich zu nehmen. Die Familie hegte sogar die Befürchtung, Großvater Leopolds schlechte gesundheitliche Verfassung könne zu einer Verschiebung der Hochzeit führen. Lea versuchte, sich an den Gedanken zu gewöhnen, in absehbarer Zeit ihr Elternhaus verkaufen zu müssen.

„Glaube mir, es wird das Beste sein", hatten Giovanni und Giordano unabhängig voneinander zu ihr gesagt.

Auch Benedetta schüttelte auf Nachfrage, ob sie Interesse an der Immobilie und dem Grundstück habe, vehement den Kopf. „Ich will mich mit ganzer Kraft auf Angelos Hotel konzentrieren."

„Dafür bin ich dir sehr dankbar", erklärte Angelo mit tiefer Zufriedenheit in der Stimme. Benedetta erweckte in keiner Weise den Eindruck, nur gut versorgte Ehefrau sein zu wollen.

„Ich bin eine Conti", bekam er mit einem vergnügten Blinzeln zur Antwort, „da legt man die Hände nicht in den Schoß."

„Und ich werde versuchen, mich noch ein bisschen mehr auf die Schmuckkreationen zu konzentrieren. Giordano hat sowohl meinen

Berg als auch Vaters Part an der Enothek voll im Griff."

„Ist so", schmunzelten Manuele und Antonio. „Wir können öfter mal ganz entspannt beim Altherrengespräch sitzen bleiben, weil er anwesend ist, und die Sache reißt."

„Würde sich das Ganze als Ferienvermietung lohnen?", fragte Gianna für Angelos älteste Schwester.

Lea verneinte. „Das wäre viel zu aufwändig, weshalb wir ja als Familie geschlossen die Finger davon lassen. Es gibt weder umwerfend schöne Landschaft in der Umgebung noch irgendwelche Sehenswürdigkeiten, deretwegen jemand da Urlaub machen würde."

Der konferenzgeschaltete Abend endete in Vorfreude auf die Verlobungsfeier.

Zwei Tage später verabschiedeten Benedetta und Angelo, natürlich noch immer im Rollstuhl sitzend, gemeinsam die besondere Reisegruppe. Alle versicherten, sich rundum wohlgefühlt zu haben und gern wiederzukommen.

„Feuertaufe hervorragend bestanden", lobte Angelo sein gesamtes Personal und offerierte ihnen im gleichen Atemzug die private Feier mitsamt Grund.

Federico, der Chefkoch, hob behaglich beide Daumen. Die Kommunikation mit Benedetta funktionierte tadellos. Anders würde es beim Boss selber auch nicht laufen. Er konnte sich

eine dauerhafte Zusammenarbeit sehr gut vorstellen. Und wem es nicht passte, würde sich an
sie als Vorgesetzte gewöhnen müssen.

Jedenfalls warteten bei der privaten Feier des
Chefs alle mit jener Höchstform auf, wie sich
das in einem Nobelhotel gehörte.

Angelo hatte den Weg zum Saal vorsichtshalber mit zwei Gehstützen angetreten, um die
vollständige Heilung nicht zu verzögern. Es
ziepte bei Belastung noch ganz gewaltig im
Schusskanal. Benedetta half ihm unaufdringlich,
indem sie seinen Stuhl so rückte, dass er sich
bequem setzen konnte, und sie stellte die Gehstützen in eine Ecke, wo sie niemanden störten.
Manuele grinste.

„Ich denke, er meldet sich, wenn er sich durch
zu viel Fürsorge gegängelt fühlt", gab Benedetta
blinzelnd zur Antwort.

Angelo hob lustig eine Augenbraue. Er war
äußerst dankbar, dass sie genau spürte, wann
und wie er Hilfe benötigte. Nicht, dass es ihm
etwas ausgemacht hätte, zu bitten – es lebte sich
aber entspannter, ohne dies tun zu müssen. Im
Gegenzug konnte Benedetta sicher sein, immer
jede erdenkliche Hilfe zu bekommen. „Es ist
nahezu perfekt, wie es ist", erklärte Angelo
schließlich.

„Klingt gut", freute sich Giordano. „Man
muss ja nicht alles ins Extreme treiben."

Wie auf Kommando hoben sämtliche Männer am Tisch beide Zeigefinger, worauf die ganze Party-Gesellschaft schallend zu lachen begann.

Antonios Smartwatch gab einen leisen Ton von sich, worauf er sich für einen Moment vom Tisch entschuldigte. Als er wiederkam, zierte ein heiteres Lächeln sein Gesicht. „Dummheit ist wirklich eine natürliche Begabung, gegen die kein Kraut gewachsen ist", gab er bekannt, sich an den Tisch setzend.

„Ich ahne Schlimmes", platzte Giordano lachend heraus, worauf der Anwalt kichernd nickte.

„Spann uns doch nicht so auf die Folter!", rief Giovanni.

Ein Blick zu Benedetta und Angelo, die beide abwinkten, worauf Angelo meinte: „Das Reizthema ist für uns keins mehr, solange die impertinente Person die auferlegten Verbote einhält."

„Na, okay", seufzte Antonio, „da alle anwesenden Familien eingebunden sind, will ich mal aus dem Nähkästchen plaudern. Er hat tatsächlich versucht, an den zum Verkauf stehenden Weinberg zu kommen."

„Wie bitte?!", entfuhr es Lea entsetzt.

„Keine Sorge!", erwiderte Antonio, „Seinem vorauseilenden Ruf gerecht, wurde er sofort aussortiert. Man ist schließlich bestrebt, das Gut zu erhalten. Soll heißen, ich werde schon morgen in erste Verhandlungen für Lea treten."

Spontaner Applaus von allen Seiten und Giovanni rief dem Kellner zu: „Eine Runde des Teuersten, was der Keller zu bieten hat, auf meine Rechnung!"

„Ähhhh ... es sind doch erst Vorverhandlungen", stotterte Antonio überrascht.

„Macht nichts, schon die Nachricht allein ist es wert", erklärte Giovanni im Brustton völliger Überzeugung.

Keiner zweifelte daran, dass Antonio den Berg für Lea an Land ziehen werde. Die hielt mit ihren vielen Ideen, nebenbei auch den Tourismus anzukurbeln, eh alle Trümpfe einer Favoritin in der Hand.

„Mich interessieren besonders die roten Trauben", verriet Lea. „Ein leichter, spritziger Tafelwein dieser Sorte fehlt nämlich noch in meiner dauerhaften Sammlung."

„Seit wann machen die da drüben spritzige Weine?", schnappte Giordano.

„Die nicht. Ich will es versuchen", schmunzelte Lea. „Geht es schief, wird es buchstäblich Essig", setzte sie lachend hinzu. „Daran, dass ich etwas unorthodoxer ans Werk gehe und nur drei Weine im festen Sortiment habe, dürften sich inzwischen alle gewöhnt haben."

Giovanni lächelte breit. „Aus deiner Experimentierfreude habe ich auch schon einige Vorteile ziehen können. Ich werde also ganz bestimmt den Tatendrang nicht bremsen."

„Und ich kenne jemanden, der sein Haus gern als Testfeld zur Verfügung stellt", blinzelte Angelo. „Da hast du innerhalb weniger Tage die ersten Daten, wie der neue Tropfen angenommen wird."

„Die verkaufen ein Bärenfell, obwohl der Petz noch mitten im Wald sitzt!", erschreckte sich Antonio theatralisch.

„Na, sowas aber auch!", gab Claudia belustigt zurück. „Die einen werden am Ruf aus-, die anderen einsortiert."

Mehr konnte sie nicht sagen, weil alle in schallendes Lachen ausbrachen.

„Macht nur so weiter", schauspielerte Antonio betont mürrisch.

„Aber sicher doch, du willst ja schließlich auch gut leben", setzte Giovanni deshalb noch drauf.

Nun grinste Antonio ausnehmend breit. „Ich weiß die Annehmlichkeiten einer fast Festanstellung durchaus zu schätzen."

„Na, sowas aber auch!", feixte diesmal Manuele, den Contis blinzelnd zuprostend.

Gegen Mitternacht fuhren mehrere Taxis vor, um die Gäste sicher nach Hause zu bringen. Angelo setzte sich mit einem unterdrückten Stöhnen wieder an den Tisch, als alle gegangen waren.

„Ich hole jetzt den Rollstuhl", sagte Benedetta mit Nachdruck und nahm, um ihm keine andere

Wahl zu lassen, gleich die Gehstützen mit hinauf.

Angelo nickte stumm.

„Alles in Ordnung, Chef?", fragte der Oberkellner besorgt.

Diesmal schüttelte Angelo den Kopf. „Benedetta wird ihre liebe Not mit mir haben. Das lange Sitzen war wohl doch etwas zu viel."

Da nahte Benedetta schon mit dem Rollstuhl.

„Passen Sie gut auf ihn auf", flüsterte der Oberkellner beschwörend.

„Das mache ich", gab sie genau so leise zurück.

Angelo hatte es nicht gehört, der war mit versteinerter Miene beschäftigt, in seinem hilfreichen Gefährt Platz zu nehmen. Er lehnte sich auch nicht dagegen auf, geschoben zu werden. Das Personal schaute mit betretenen Gesichtern hinterher.

In der Wohnung angekommen, reichte ihm Benedetta sofort seinen Schlafanzug. Angelo nahm ihn wortlos, aber mit dankbarem Blick entgegen, zog sich um, legte sich ins Bett und schlief im selben Atemzug ein. „Na, nun mache ich mir ernsthafte Sorgen", murmelte Benedetta, einen Blister Schmerzmittel für den Notfall auf das Nachttischchen legend, ehe sie Angelo sorgsam zudeckte. Sie holte sogar ihr Handy ins Schlafzimmer, was ihr sonst zutiefst widerstrebte.

Am Morgen fühlte sich Angelo fast wieder fit, versprach aber ohne Zögern, den Tag wirklich als Sonntag zu begehen und nur für das Unternehmen tätig zu werden, wenn Benedetta darum bäte.

„Komm bloß nicht auf den Gedanken, Sonntagszuschlag zu zahlen!", rief sie belustigt, weil sie ihm diese Überlegung glatt an den Augen ablas.

„Ooooops. Unterrichtet man jetzt an der Uni auch Gedankenlesen?!", erschreckte er sich, weil sie immer öfter aussprach, was sie ihm ansah.

„Warum nicht?", kicherte sie, das Frühstück servierend. Dann fügte sie hinzu: „Ich werde heute noch ein bisschen an meiner Abschlussarbeit schreiben, sonst wird es mir zu anstrengend."

Angelos fragender Blick ließ sie hellauf lachen. „Du denkst doch nicht etwa ernsthaft, dass du die geführten Touren für die nächste Gruppe selber durchführen kannst. Der Warnschuss heute Nacht sollte gesessen haben."

„Hat er", gab Angelo zu, seine echte Schussverletzung betastend.

„Mach dir keine zusätzlichen Sorgen. Ich liege gut im Rennen, zumal meine letzten Prüfungen erst Anfang Juli beginnen, also wirklich am Ende des *anno accademico*", erklärte Benedetta. „Ich werde den Abschluss ganz sicher nicht vergeigen. Da wir ja auch den späten Palio-Termin für unseren großen Tag ausersehen haben, sollte dann alles in wirklich geordneten Bahnen laufen. Dass ich nicht, wie du, noch aufstocken werde, weißt du ja."

Angelo schloss Benedetta fest in die Arme. Ja, sie hatte sich gründlich gemausert. Nichts mehr mit Paradiesvogel. Phönix schien das innere Zauberwort zu sein.

„Ich hoffe sehr, dass du bis zum Ende meines Praktikums wieder richtig fit bist", murmelte Benedetta, „denn sonst weiß ich auch keinen Rat mehr."

„Wird schon", versprach Angelo.

Als sie am Nachmittag über ihren Ausarbeitungen brütete, bereitete er das Zertifikat und die Beurteilung ihres Praktikums vor. Wobei er mit hinein setzte, ihr auf Grund der überragenden Leistungen und Einsatzbereitschaft einen Job in der Geschäftsleitung seines Unternehmens angeboten zu haben. „Ehre, wem Ehre gebührt", flüsterte er sichtlich zufrieden.

Wenig später meldeten sich sein Vater und die Contis, wie er den Vorabend überstanden hätte. Er legte gleich eine Konferenzschaltung, um nicht alles doppelt herbeten zu müssen.

„Ist wirklich wieder Ruhe in der Wunde?", fragten Manuele und Giordano völlig synchron.

Angelo musste lachen. „Aber ja. Sonst hätte Benedetta entweder Alarm geschlagen oder mir die Ohren langgezogen."

Giovanni grinste vergnügt, was Benedetta mit dem Satz beantwortete: „Ich erarbeite mir vermutlich gerade, passend zur Contrada, den Ruf als Hausdrache."

Angelo schmunzelte. „Ohne den Hinweis auf die Contrada hätte ich mich jetzt vermutlich winselnd in eine Ecke verzogen."

Benedetta atmete tief durch, stimmte aber, statt einer Erwiderung, in das Gelächter der anderen ein.

Lea winkte ab. „Um euch beide ist mir nicht mehr wirklich bange. Ihr findet gemeinsam für alles eine Lösung."

Beide nickten im gleichen Takt.

Herausforderungen

Plötzlich schien das ganze Zimmer mitzunicken! „Erdbeben!", riefen Benedetta und Angelo, sich unter den Querbalken der Tür flüchtend, wie auch die anderen. Aus dem Treppenhaus erklang der Hupton des Liftnotfalls. Alle beendeten gleichzeitig die Verbindung, um das Radio anzuschalten, falls behördliche Anweisungen kämen.

„Ich schätze höchstens vier", murmelte Angelo, als das Rumoren Sekunden später endete.

Benedetta half Angelo die Treppe hinunter, um danach sofort nach dem Rechten zu sehen. Aus allen Zimmern strömten die Gäste vor das Haus und auch das Personal lief dort zusammen, wie bei jedem Gebäude auf dem ganzen Platz.

„Steckt jemand im Aufzug fest? Gibt es Verletzte?!", rief Angelo, als sich die Menge langsam beruhigte.

„Nein, der Aufzug war leer", antwortete die Empfangsdame. „Es gibt keine Verletzten."

„Sehr gut", atmete Angelo auf. „Sichtbare Schäden?", lautete die nächste Frage.

„Glasbruch, weil ich mein Tablett fallen ließ", erklärte ein Kellner.

„Kann man ersetzen", winkte der Chef ab. „Versuchen Sie bitte alle, die Ruhe zu bewahren.

Mitunter kommt es zu nachfolgenden schwächeren Erdstößen."

Genau das sagte auch der Pressesprecher der Provinz wenige Augenblicke später. Die meisten wollten aber im Freien bleiben und so ließ Angelo ausreichend Stühle bringen. Benedetta stieg rasch die Treppe hinauf, um den Rollstuhl zu holen. Sie kam gerade zurück, als erneut leichte Erdstöße zu spüren waren. Nach 20 Minuten noch welche, wobei der Boden nur etwas vibrierte.

„Ich denke, wir haben es hinter uns", gab Angelo bekannt.

Die Börden teilten mit, dass die Beben eine Stärke von 4,2, dann 2,4 und zuletzt 1,8 auf der Richter-Skala gehabt hätten, das Epizentrum etwa acht Kilometer unter Siena gelegen habe. Trotzdem wollten viele über Nacht draußen bleiben.

„Wir leben in einer seismisch aktiven Zone", erklärte Angelo. „Das ist bekannt, aber einigen nicht wirklich bewusst. Es gibt für Interessierte das Siena Quake-O-Meter, in welchem man die Daten aller in der Region aufgezeichneten Beben finden kann." Seine Ruhe strahlte auch auf die anderen aus, deren einige sich sogleich ins Internet einloggten, um seine Worte bestätigt zu finden. „Ich begebe mich wieder hinauf. Gute Nacht!" Er lenkte den Rollstuhl zum Lift.

Benedetta schaute ihn fragend an.

„Keine Sorge, er hat das kleine Wackeln problemlos weggesteckt. Sonst wären hier überall die Warnlampen an."

„Deine Kaltblütigkeit tut gut", seufzte Benedetta. „Ich hatte ganz schön Frackflattern."

„Ich auch. Aber es offen zu zeigen, wäre wenig hilfreich gewesen." Angelo legte sich angekleidet auf das Bett. Das Treppensteigen auf dem Weg nach unten, ließ seine Verletzung auch wieder rumoren.

Benedetta zeigte mit bittendem Blick auf das Schmerzmittel, welches Angelo mit einem Schnaufen annahm. „Hast ja recht, mir geht es wirklich bescheiden", gab er zu.

„Privat ist alles in Ordnung", lief als Meldung von Familien und Freunden ein, was sie genau so beantworteten.

Firmenbezogen hatte dieses Naturphänomen vergleichsweise geringe Schäden verursacht. Ein paar leere Flaschen in der Abfüllanlage von Leas Weinberg waren zu Bruch gegangen und in der Enothek die Glasscheiben dreier Originalbilder, welche von ihren Wandhaken gefallen waren. Manueles Dienstwagen stand mit zersplitterter Heckscheibe auf der Straße, die ein herabstürzender Dachziegel getroffen hatte. Die paar Trinkgläser im Hotel waren nicht mal der Rede wert gewesen.

Angelo wies das Zimmerpersonal am Morgen an, sich etwas genauer in den Räumen umzuschauen, auf der Suche nach Rissen in der Bausubstanz. Es wurde bis zum Abend nichts gemeldet. Benedetta atmete durch und er sagte beruhigend: „Die alten Gemäuer haben schon ganze andere Widrigkeiten überlebt. Damals verstand man noch, zu bauen. Giordano und ich haben beschlossen, heute den Altvordern einen Besuch abzustatten, weil wir so glimpflich davongekommen sind." Er blinzelte vergnügt. „Na klar, darfst du mitgehen. Ich sehe dir die Frage doch an der Nasenspitze an."

So kam es, dass sie zum ersten Mal die Familiengruft der Riccis betrat, welche jener der eigenen Familie kaum nachstand. In beiden spürte sie die buchstäblich die Magie der Jahrhunderte, sodass sie gar nicht anders konnte, als noch einmal an den hilfreichen Tunnel zum Haus ihrer Familie zu denken.

Am Ende besuchten sie Marios Grab, das sie mit einem frischen Blumenstrauß schmückten. Er hatte als einer der letzten Alteingesessenen das Privileg gehabt, eine richtige Grabstätte zu bekommen, statt eines Fachs in einer Mauer. Einen Teil des Geldes dafür hatten die Familien Conti, Ricci und Carrara gestiftet, wie Benedetta beim ersten Besuch hier erfahren hatte.

Sie erinnerte sich plötzlich auch daran, dass er ihr, als sie noch sehr klein gewesen war, über die Erdbeben in der Region berichtet hatte. Sie hatte geschmollt, weil sie das 2,2 Beben einfach verschlafen hatte, von dem Giordano und die Nachbarskinder erzählten. Mario hatte sie getröstet, dass das völlig normal sei, so etwas nicht wahrzunehmen. „Da ruckelt es oft mehr, wenn ein Lastwagen vorbei fährt", hatte er geblinzelt.

Vorletzte Nacht hatte sie diese Theorie bewusst in der Praxis erlebt. Das zweite Beben war wirklich nur zu spüren gewesen, weil man regelrecht darauf gewartet hatte. Das leichte Vibrieren beim dritten war vielleicht sogar nur der überhitzten Fantasie entsprungen. Da kämpften die Leute in Pozzuoli und am Vesuv mit ganz anderen Widrigkeiten. So in Gedanken versunken, zuckte sie heftig zusammen, als Angelo sie an der Schulter berührte.

„Ich habe gerade an mein verschlafenes Erdbeben denken müssen", erklärte sie lächelnd.

„Du warst nicht die Einzige", lachte Giordano, mit beiden Zeigefingern auf Angelo deutend. „Ich bin ja auch nur aufgewacht, weil ich mit der Stirn auf der Bettkante lag und das minimale Ruckeln direkt spüren konnte. Mutter hat es ja auch erst geglaubt, als die Radiosender und Zeitungen darüber berichteten. Bis dahin war sie der Meinung gewesen, ich hätte mich mit Vater zusammengetan, um sie zu necken."

Benedetta schob das dunkle Tuch vom Kopf auf die Schultern. „Kommt ihr heute zu uns essen?"

„Liebend gern. Wir sehen uns gegen 20 Uhr!" Giordano hatte noch einen Termin auf Vaters Weinberg zu absolvieren, weil Giovanni in der Enothek Klartext reden musste. Es waren in den letzten Tagen mehrere schlechte Bewertungen wegen mangelnder Sauberkeit und langen Wartezeiten an den nicht reservierten Tischen eingegangen, obwohl genügend Personal da war.

Angelo und Benedetta wunderten sich zwar, freuten sich aber sehr, als Antonio mit beim Familien-Abendessen erschien.

„Manuele hat noch einen Notfall zu behandeln, sonst wäre er auch gekommen", erklärte er ziemlich ernst. „Uns sitzt eine Laus im Pelz, welche die Bewertungen der Enothek zu verfälschen versucht. Da zu befürchten war, dass er es auch mit den Hotels tun könnte, habe ich mich hier mit eingeklinkt."

Angelo wechselte einen langen Blick mit Giovanni. „Dann sollten wir beide wohl die Bewertung ausschließlich über verifizierte Buchungen laufen lassen."

„Besser wäre es!", rief der mit finsterem Gesicht.

Antonio lächelte undefinierbar. „Ich erkläre euch mal im Detail, wie das Ganze bei der Enothek funktioniert: Die Sterne-Bewertung der Kunden geht ja überhaupt erst ein, wenn eine Rezension von mindestens 30 Zeichen geschrieben wurde. Zudem haben wir von Anfang an festgelegt, dass alle Bewertungen vor Veröffentlichung geprüft werden. Sind Beschwerden bei verifizierten Besuchen entstanden, setzen wir sie rein, sonst werden sie ausgefiltert. So ist es unserem IT-Menschen ja überhaupt erst aufgefallen, dass was nicht stimmen kann.

Die Meldung darüber hat unser Geschäftsführer logischerweise an alle drei Teilhaber gesandt, sodass ich rein zufällig zur richtigen Stunde anwesend war, als Giovanni das Personal ins Gebet nehmen wollte. Was wir dann gemeinsam durchgeführt haben.

Heraus kam, dass es keinerlei Beschwerden gibt, welche derart schlechte Bewertungen ergeben könnten. Auffällig eben auch, dass es sich ausschließlich um die freien Tische handelt. Also haben wir unserem Datenzauberer den Auftrag erteilt, die verschlungenen Pfade nachzuverfolgen.

Die betreffenden Server stehen irgendwo in Litauen, was reichlich oft der Fall ist. Ich habe mir dann aus einer Intuition heraus den Spaß gemacht, unser Sorgenkind ohne Vorankündigung aufzusuchen. Ich wurde sogar, wenn auch widerwillig, empfangen. Na ja, was soll ich sagen ... Volltreffer."

Giovanni fasste sich an den Kopf. „Der schreckt doch buchstäblich vor nichts zurück!"

Antonio hob die Schultern. „Ich konnte es mir nicht verkneifen, ihm mit ganz legalen Mitteln ein wenig mehr Feuer unterm Hintern zu machen, als eigentlich meine Art ist. Lässt er es nicht bleiben, uns schaden zu wollen, sorge ich dafür, dass er es sehr bitter bereuen wird. Dass ich finanziellen Anteil an der Enothek habe, ahnte er nicht. Umso größer war das Entsetzen, dass ich ihm aus diesem sehr persönlichen Grund elektronische Inquisition angedroht habe. Wie ich schon einmal sagte: Dummheit ist bei manchen eine ganz natürliche Begabung."

Benedetta stieß die angehaltene Luft aus.

„Jedenfalls denkt er in seiner großen Einfalt, ich hätte auch Anteile an allem anderen, was irgendwie mit den Namen Conti und Ricci zu tun hat", kicherte Antonio. „Ich habe nicht dementiert."

Giordano lachte. „Okay, dann müssen wir uns nicht wundern, wenn demnächst merkwürdige Gerüchte diesbezüglich die Runde machen."

„Ich glaube dann hätte ihn Antonio wegen Verleumdung oder sowas am Haken", warf Lea zufrieden ein, worauf der Anwalt so breit grinste, dass sie fürchtete, seine Mundwinkel würden sich am Hinterkopf treffen.

„Ach, noch was!", lachte Antonio. „Ich habe ihm gesteckt, dass ich mich um den Weinberg bemühe, nur nicht, dass er nicht für mich sein soll."

Giordano prustete heraus: „Perfekt! Wer eine Enothek mitbesitzt, könnte sich ja durchaus ein eigenes Weingut zulegen!"

„So ist es!", kicherte Antonio. „Er wird also drei Mal überlegen, ob ich nicht in ganz Siena irgendwo meine Finger mit drin habe. Und deshalb gehe ich davon aus, dass er sich ab sofort sehr brav an alle Auflagen der U-Haft-Entlassung halten wird."

„Antonio, die graue Eminenz Sienas", platzte Giovanni heraus. „Ist das herrlich!"

„Na, für die vielen guten Nachrichten hat er sich ein wirklich schickes Familienabendbrot verdient", lobte Angelo.

„Und dabei bin ich noch nicht mal mit Schwätzen fertig!", grinste Antonio. „Ich habe nämlich auch herausbekommen, warum euch die Medien so gut wie in Ruhe lassen. Sein Vater kann es sich nicht leisten, in Zeiten der weltweiten Wirtschaftskrisen ins Gerede zu kommen, da hat er einen etwas größeren Betrag aus seinem Privatsäckel als eine Art Schweigegeld an die Neugierigen von der Presse gezahlt. So habe ich auch nur durch merkwürdige Zufälle erfahren, dass Pietro eine ganz frische Vaterschaftsklage am Hals hat. Das Kind ist zwei Monate alt."

Benedetta riss die Augen auf und hielt sich eine Hand vor den Mund.

„Ja, meine Liebe, dich hat er genau so betrogen, wie noch zwei andere junge Damen, die ihm wegen gleicher Befindlichkeiten ans Leder wollen", fügte Antonio hinzu.

Nun begann Benedetta schallend zu lachen. „Er hat sich offenbar woanders geholt, was er von mir nicht bekommen hat."

Ausnahmslos alle schauten sie nun mit tellergroßen Augen an, was sie mit vergnügtem Schulterzucken quittierte und Angelo mit einem vielsagenden Blinzeln bedachte.

„Ich habe eben auch meine Prinzipien", schmunzelte Benedetta. Seufzend gab sie dann zu: „Es war die dümmste Idee, mich überhaupt mit diesem Kerl einzulassen, der schon immer im Ruf stand, der größte Aufreißer der Stadt zu sein. Dass er ein derart verkommenes Individuum ist, habe ich nicht annähernd geahnt."

„Der wollte doch mit dir in die Karibik, stimmt's?", fragte Antonio.

Benedetta nickte. „Ja sein Vater hätte den Flug schon bezahlt, hat er mir im Mugolone erzählt."

„Sei dankbar, dass du Prinzipien hast", erwiderte der Anwalt. „Er hat selber gebucht und ohne Rückflüge."

Benedetta wurde aschfahl. Angelo fasste nach ihrer Hand. Die anderen versteinerten regelrecht.

„Offenbar wollte er hier der Justiz entkommen und dich dort als Druckmittel einsetzen, um von deinen Eltern Unsummen zu erpressen. Dann hast du ihm auf geniale Weise einen Strich durch die Rechnung gemacht. Was danach kam, wird sich wohl wirklich erst vor Gericht klären. Es sei denn, er verplappert sich bei nächster Gelegenheit." Antonio schaute in die Runde. „Das war vorerst alles, was ich sicher, oder weitestgehend sicher, belegen kann."

„Danke", murmelte Lea, völlig aufgewühlt nach einem Taschentuch fassend.

„Den Weinberg habe ich trotz allem nicht vergessen", gab Antonio schmunzelnd bekannt. „Ein bisschen was ist also dran, am Vollzeitjob in Sachen Conti."

Angelo zog zwei Flaschen des teuersten Champagners aus dem Kühlfach, entkorkte sie und schenkte wortlos ein. Man sah ihm deutlich an, dass er sich nicht einmal vorstellen mochte, was Benedetta hätte geschehen können. Sie war in die Küche geeilt, um nun endlich das Abendbrot auf den Tisch zu bringen.

Giordano hob schnüffelnd die Nase. „Oh, da war der Sternekoch selbst am Werk."

„Richtig", strahlte Angelo. „Du weißt ja, wie viel mir daran liegt."

„Hach ..." Giovanni verzog leidend das Gesicht. „Ich muss euch was beichten. Ich habe heute beschlossen, auch etwas zu tun, das mir sehr am Herzen liegt. Ich habe vor, wieder die

Wahl zum *capitano* anzunehmen", sagte er klein-laut.

Der einsetzende Jubel spülte das schlechte Gewissen einfach weg. Und schon war man im Gespräch über Leas Sondereditionen für die Pferderennen.

„Ich möchte manchmal vier Hände haben", seufzte sie. „Tausend Ideen und viel zu wenig Zeit, diese umzusetzen. Hin und wieder wäre auch Gedankenaustausch zu Fertigungstechni-ken ganz hilfreich. Aber da muss das Internet herhalten, weil ich ja nicht will, dass jemand meine Ideen klaut."

Mitten in dieser Unterhaltung hob Angelo den Kopf und schien durch die Mauern hindurch in weite Ferne zu spähen. Er legte einen Zeigefin-ger an die Nasenspitze, hob ihn plötzlich kurz, dann wandte er sich an Antonio. „Ich glaube, ich sollte mal mit eurem IT-Spezialisten spre-chen. Wir haben zwar keine schlechten Bewer-tungen bekommen, es wurden aber letzte Woche ein paar Minuten vor Fristablauf meh-rere Zimmer kostenlos storniert. Die Leute wohnten in unterschiedlichen Weltgegenden. Schon recht seltsam, so im Nachhinein betrach-tet."

„Ich kümmere mich darum", versprach Anto-nio. „Konntest du den Schaden begrenzen?"

„Ja. Ich habe glücklicherweise im Augenblick mehr Anfragen als Zimmer, sodass gleich jemand nachrücken konnte. Meist Paare, was logischerweise höhere Gewinne bringt, als Einzelpersonen im Doppelzimmer", verriet Angelo.

Benedetta nickte kaum merklich. „Ich hatte beim vierten Fall sogar gefragt, ob eine neue Pandemie herrscht", sagte sie mehr zu sich.

„Genau dieser Satz war mir vorhin eingefallen", gab Angelo zu. „Es betraf am Ende sieben Zimmer. Ziemlich viel für unser kleines Hotel."

Dass die Contis ihre Geschäftsdaten noch einmal genau unter die Lupe nehmen würden, versprachen schon die Blicke.

Ein paar Tage später war klar, dass Pietro auch dahinter steckte. Antonio nahm die Beweise zu den Akten. Angelo stimmt sofort zu, diese erst vor Gericht in der anderen Sache zu verwenden, wenn eine Notwenigkeit dazu bestand. Ihm war durch die kindische Aktion schließlich kein messbarer Schaden entstanden.

In der Woche darauf schob Angelo den Rollstuhl gut gegen Verstauben abgedeckt ins Lager. Den Gehstock nahm er zu Hilfe, wenn er weitere Wege zurücklegen musste. Gerade rechtzeitig, ehe Benedettas Praktikum endete.

Er händigte ihr am letzten Tag die Beurteilung aus und musste schmunzeln, weil ihre Augen mit jedem Satz größer wurden. „Glatte eins mit Sternchen", bestätigte er noch einmal laut, was ihm auch die Mitarbeiter zugetragen hatten.

Als Benedetta am Montagmorgen mit Jeans, T-Shirt und Laptoprucksack aus dem Lift stieg, blinzelte die Empfangsdame vergnügt. Vor ihr stand eine typische Studentin, der man nicht ansah, was sie alles auf dem Kasten hatte. Benedetta blinzelte zurück, sie wünschten sich gegenseitig einen guten Morgen, und jede ging ihrem Tagewerk nach.

Angelo brach kurz darauf zu seiner ersten Stadtführung seit der Verletzung auf. Es waren mehrere ältere Herrschaften in der Gruppe, die auch nicht gut zu Fuß waren, sodass er sich nicht überanstrengen werde. Zudem stand der Herrenabend mit Giordano an, auf den er sich sehr freute.

„Tut einfach, als sei ich gar nicht da", bat Benedetta. Sie nahm sich das Abendbrot mit in ihr Studierzimmer und ließ sich auch tatsächlich kein einziges Mal blicken. Stattdessen schrieb sie intensiv an ihrer Abschlussarbeit.

Die Männer schwelgten für die bevorstehende Hochzeit ein wenig in der Urgeschichte ihrer Familien, fachsimpelten über Sport und die nächsten Palio-Rennen.

„Du wirst doch eines Tages den Job des *capitano* von deinem Vater übernehmen", formulierte Angelo die Feststellung halb als Auftrag, halb als Frage.

„Das hängt von vielen Einflüssen ab", seufzte Giordano.

„Ich habe gehört, dass dein Name zur Debatte stand", verriet Angelo. „Wenn es einer von euch macht, dann weiß ich, dass auch in dem Fall, wo andere siegen, alles gut wird."

Giordano atmete noch einmal tief ein. „Gib mir nicht zu viel Vorschusslorbeer. Zumal du auch einen hervorragenden *capitano* abgeben würdest."

„Meinst du nicht, dass die Dimensionen, in denen man da denken muss, eine Nummer zu groß für mich sind?", brummte Angelo.

Giordano winkte ab. „In zwei – drei Jahren siehst du das anders." Dass er auf die Praxis als Chef einer großen Firma anspielte, musste er nicht erklären. Angelo konnte wahrlich mehr, als eins und eins zusammenzählen. „Ich bringe meinem Schwesterchen ..." Er brach mitten im Satz ab, weil Angelo ein Glas aus dem Schrank nahm und Wein einschenkte, und begann zu lachen. „Kein Zweifel, wir kennen uns schon ziemlich lange!" Er nahm das Glas und klopfte an Benedettas Tür. Die freute sich wirklich riesig, dankte herzlich und steckte die Nase wieder in ihre vielen Dateien, in denen sie noch immer akribisch recherchierte.

Dann kam der Tag des ersten Palio-Rennens des Jahres. Giovanni übernahm für vier volle Tage die Befehlsgewalt in der *contrada del drago*. Die *tratta,* die Auslosung, kam einer halben Katastrophe gleich. Das zugeloste Pferd hatte noch nie ein Rennen gewonnen. Der *barbaresco,* der Pferdeknecht, der es bis zum Rennen bewachen sollte, kratzte sich ratlos am Kopf. Giovanni und seine Getreuen ebenfalls. Dann verletzte sich auch noch der *fantino,* der Jockey, der es reiten sollte.

„Na ja, jetzt können wir uns wohl nur noch freuen, dass unsere Contrada überhaupt wieder einen Startplatz bekommen hat", seufzte Giovanni.

Die Familien hatten sich in Angelos Wohnung zusammengefunden, um von exponierter Lage aus, das Geschehen zu beobachten. Wie befürchtet, spielte das Pferd der Drachen keine Rolle, nur dass es unverletzt mitsamt seinem Reiter ins Ziel kam.

Es gewann die *contrada dell'istrice,* die Contrada des Stachelschweins. Zudem die einzige Contrada mit vier Farben. Das ganze Viertel war wochenlang weiß-schwarz-rot-blau geschmückt. Die Drachen nahmen es mit Humor, denn die Stachelschweine waren seit Urzeiten weder Freund noch Feind. Giovannis Durchhaltespruch „Teilnahme ist alles", erfüllte seinen Zweck. Man fieberte ganz einfach dem nächsten Rennen entgegen.

Und das begann mit einem Paukenschlag bei der Wahl des *capitano.* Giovanni hatte wegen der bevorstehenden Hochzeit plötzlich seine Teilnahme zurückgezogen und damit sogar Giordano überrascht. Noch überraschter war der allerdings, dass er selber einstimmig zum Oberhaupt für vier Tage bestimmt worden war.

Mit den Worten, „Na, dann packen wir es halt an!", hatte er die Wahl angenommen.

Der Bürgermeister rieb sich zufrieden die Hände. Es wurde Zeit, dass mal ein Jüngerer zeigen konnte, was er drauf hatte. Giordano wusste bestens, worauf es ankam, und wie die Zeitpläne zu gestalten waren.

Der *barbaresco* kam pünktlich an, der Stall war hervorragend vorbereitet, fehlten noch das Pferd und der *fantino*. Bei der Auslosung des Pferdes drückten wohl alle Glücksgötter die Daumen, denn es war das erste Mal, dass sie ein mehrfaches Siegerpferd erhielten. Ihr *fantino* war einer, der nicht nur mit zweitem Vornamen Risiko zu heißen schien, sondern das personifizierte Risiko war.

„Mann, wäre das schön, wenn dein Bruder gleich beim ersten Mal einen richtig großen Wurf landen würde", fieberte Angelo mit, als Benedetta, beide Daumen drückte, dass es knackte. Giovanni hatte sogar geschafft, mit Beginn der *passegiata* im Hotel zu erscheinen, um Giordano und dem ganzen Team nah zu sein.

Der Einzug der Teilnehmer und des zu erringenden *palio* wurde zelebriert, dann nahmen die Reiter mit ihren Pferden Aufstellung. Der Mann im altrosa-grün-gelben Anzug der *contrada del drago* war nicht zu übersehen. Er stand genau in der Mitte. Er stob auch auf seinem Ross wie ein Irrwisch davon, als das Startseil zu Boden fiel, während sich zwei andere Tiere darin verhedderten. Sein halsbrecherischer Galopp ging nicht ohne Blessuren ab, denn er streifte heftig jene Hausecke, die immer wieder für schwerere Verletzungen sorgte. Die *contradaioli* der Drachen schrien entsetzt auf. Da saß er schon wieder fest im Sattel und landete mit einer halben Pferdelänge Vorsprung er einen glatten Start-Ziel-Sieg.

Die Drachen sprangen in einem Freudentaumel auf. „Sieg! Sieg! Sieg!" Sie lagen sich lachend und singend in den Armen, während in den Blöcken daneben bittere Tränen flossen.

Giordano beglückwünschte Reiter sowie Ross und begleitete den grandiosen Siegeszug bis zum Gebäude der Contrada, wo es eine gigantische Feier gab, wie sie schon lange nicht mehr stattgefunden hatte. Die Conti-Güter hatten die Getränke gestellt, Angelo einen Großteil der regionalen Speisen. Zudem residierten einige namhafte Teilnehmer in seinem Haus.

Giordano wunderte sich nicht einmal mehr, als er vom Bürgermeister plötzlich auch, wie sein Vater, wohlwollend als Duca, als Herzog, angesprochen wurde. Angelo hob beide Daumen, worauf sich Giordano lustig blinzelnd mit dem Handrücken die Stirn wischte. Siena hatte eine kleine Sensation.

Freudenfeste

„Nun bist du dran, für tagelange Stimmung zu sorgen", witzelte Giordano, als die Wimpel und Fahnen gleich für die Hochzeit hängen blieben.

„Zumindest bin ich ziemlich sicher, auf das richtige Pferd gesetzt zu haben", gab Angelo mit breitem Grinsen bekannt, worauf alle in herzliches Lachen ausbrachen. „Es ist zwar kein glatter Start-Ziel-Sieg, aber sogar unser *fantino* hat bewiesen, dass man auch mit Blessuren einen rauschenden Triumph feiern kann."

Benedetta kuschelte sich an seine Schulter und er strich ihr sanft übers Haar. Sie wussten seit dem Anschlag ganz sicher, dass nichts und niemand sie mehr trennen konnte. In den letzten Tagen war Benedetta mehrfach die Strecke abgeschritten, die ihr Brautzug nehmen werde, und hatte sich markante Punkte eingeprägt, an denen sich Offizielle der Contrada und der Stadt dem Zug anschließen würden. Zudem hatte sie sich das Hochzeitsvideo ihrer Eltern angesehen, um immer wieder ergriffen den Kopf zu wiegen. Morgen werde sie den Weg im Gewand einer hochherrschaftlichen Braut gehen.

Während sich im Hause Conti die Visagistin und der Friseur die Klinke in die Hand gaben, sich Manuele und Antonio als Brautführer um die Schar der kleinen Schleppenträgerinnen kümmerten, begab sich Giordano auf den Weg, seine geheimnisvolle Tischdame abzuholen.

„Ich bin gespannt auf des Rätsels Lösung", murmelte Giovanni, womit er zugab, wie die anderen vor Neugier fast zu platzen.

„Bereit!", meldete sich Benedetta pünktlich, worauf die zehn Mädchen mit geübtem Griff den mehrere Meter langen Schleier und die Schleppe aufnahmen.

Als Erste bekamen die Eltern und Brautführer Augen, groß wie Mühlräder. Zum eher schlichten Brautkleid aus strahlend weißer Seide hatte Angelo seiner Liebsten eine Morgengabe in Form von Schmuck verehrt, der dem, welchen Lea einst getragen hatte, im Wert gleichkam. Das Kleid zierte ein V-förmiger fünf Zentimeter breiter goldener Gürtel, dicht an dicht besetzt mit kirschgroßen Rubinen. Das herabhängende Ende war noch mindestens 30 Zentimeter lang. Collier, Diadem und Ohrschmuck waren aus identischen Steinen geschaffen worden, allesamt nur in ihrer Naturform poliert, was darauf schließen ließen, dass die Geschmeide mehrere Jahrhunderte alt sein mussten.

Giovanni hielt dem Brautzug die Haustür auf, Lea übergab noch vor der Schwelle ihrer Tochter den traumhaften Brautstrauß aus fließend gebundenen dunkelroten Rosen.

Die festlich mittelalterlich gewandeten Nachbarn riefen „Ah" und „Oh", als Benedetta auf die sonnenüberflutete Straße trat. Alle folgten dem Brautzug, welchem sich auch zahllose Touristen anschlossen, als die Stadtführer bei diesem Anblick ein Spektakel der Extraklasse ankündigten. Lea und Giordano, in wertvolle Gewänder des mittelalterlichen Adels gehüllt, schritten hinter Benedettas Brautjungfern her, begleitet vom ständig wachsenden Strom der Neugierigen.

Ein Fanfarenstoß kündigte auf dem Platz vor dem Haus der *contrada del drago* das Erscheinen des Festzugs an. Fahnenwerfer begannen, ihre Kunstfertigkeit unter Beweis zu stellen. Am oberen Ende der Treppe übernahm es Giovanni, mit stolz geschwellter Brust, seine hübsche Tochter Angelo entgegenzuführen.

Der hatte ebenfalls tief in den Fundus der gut erhaltenen Grafengewänder gegriffen und prunkte in Samt und Seide, mit einer breiten Goldkette und einem juwelenbesetzten Dolchgehänge.

Eltern und Geschwister der Hochzeiter hatten in den ersten Reihen Platz genommen, um der ergreifenden Zeremonie zu folgen. Die junge Frau an Giordanos Seite trug ebenfalls ein prächtiges mittelalterliches Festgewand und auffallend große Edelsteine in ungewöhnlichen Fassungen. Erst als alle nach der Trauung das junge Paar beglückwünschten, konnten Lea und Giovanni sie näher in Augenschein nehmen.

„Darf ich vorstellen?", sprach Giordano. „Aurelia Gallo, die Enkelin von Salvatore und Marina Gallo, meine Eltern Lea und Dr. Giovanni Conti. Meine Schwester Benedetta mit Gatte Angelo Ricci."

„Sehr angenehm", freuten sich Lea, Benedetta, Giovanni und Angelo.

Keiner hätte auch nur entfernt angenommen, dass die jungen Leute in irgendeinem Kontakt stehen könnten. Das Juweliergeschäft mitsamt Werkstatt hatte Aurelias älterer Bruder übernommen. Wohin es die Schwester verschlagen hatte, war unbekannt gewesen.

„Ich habe in wenigen Tagen in Deutschland meine Meisterprüfung als Juwelierin", verriet sie beim Bankett.

„Ohhhh!" Lea war in der Tat plötzlich Neugier pur. „Sie werden doch sicher bei Ihrem Bruder handwerklich mit einsteigen?"

Aurelia wiegte leicht den Kopf, wobei sich ihr Blick trübte. „Meine Ideen sind ihm zu umstürzlerisch."

„So schlimm?", staunte Lea.

Ein bekümmertes Nicken als Antwort, wobei Aurelia eher unbewusst, ihre Fingerspitzen über das bezaubernde juwelenbesetzte Armband an ihrem Handgelenk gleiten ließ. „Sie reden nicht einmal mehr mit mir."

Giovanni lächelte undefinierbar. „Ich denke, ihr beiden solltet euch mal ganz in Ruhe zum

Thema austauschen. Am besten bei uns zu Hause. Wie wäre es mit morgen?"

Giordano nickte einmal kurz, aber heftig. Damit war dieses Thema für den heutigen Tag abgeschlossen. Aurelia widmete ihm einen hoffnungsvollen Blick.

Nach einer halben Stunde erreichten sie alle gemeinsam Angelos Hotel, wo heute trotz der privaten Feier die Außengastronomie für Touristen geöffnet hatte. Die Angestellten standen Spalier, um den Hochzeitszug zu empfangen. Auf den ersten Blick war nun auch den Letzten klar, dass man hier hochherrschaftliche Feiern des Geldadels gewohnt war. Cremefarbene Stuhlhussen mit breiten weißen Schleifen, Übergardinen in identischen Farben und schleifenumwunden, Kristallgläser und feinstes Porzellan. Angelos Geschwister, die noch nicht hier gewesen waren, pfiffen durch die Zähne. Die fünfstöckige Hochzeitstorte war mit Rosenranken aus Marzipan und Creme verziert. Natürlich wurde auch das Anschneiden des konditorischen Kunstwerks vom Haus-und-Hoffotografen der Drachen-Contrada gefilmt, wie die gesamte bisherige Zeremonie. Die Schleppenträgerinnen bekamen natürlich auch etwas ab, nebst kleinen Geschenken für ihren hervorragenden Auftritt. Gianna riss das nächste Päckchen Taschentücher auf.

Vor dem Hochzeitstanz änderte auch Benedetta ihr Outfit, wie es damals ihre Mutter getan hatte. Rock und Schleier wichen Kreationen ohne Schleppe, die Tanzschuhe hatten aber etwas höhere Absätze. Auch diesem jungen Paar wartete ein Spielmann mit einer Zanfona auf. Vergnügt lächelnd begannen sie mit einem Schreittanz, winkten nach den ersten Minuten aber alle anderen heran, sodass sich die Tanzfläche mit mehreren Paaren füllte, welche die Herausforderung annahmen und die Aufgabe bravourös lösten. Unter ihnen, außer den Contis, Riccis und Carraras, Giordano mit Aurelia, die das Schauspiel sichtlich genossen.

Angelo entlohnte den Spielmann, wie es sich gehörte, und spendierte ihm Speise und Trank. Sein zufriedenes Lächeln ließ Giovanni schmunzeln. „Das nenne ich Konsequenz: Als wir die letzte Hochzeit im Kreis der Familien und Freunde gefeiert haben, hatte Angelo geschworen, Benedetta zu heiraten, und heute hat er sein Versprechen in die Tat umgesetzt. Ich kenne übrigens keines, das er nicht erfüllt hätte."

„Ich auch nicht", pflichteten Giordano und Manuele bei.

„Stimmt", lächelte Benedetta vergnügt. „Selbst das, nicht mehr zu uns nach Hause zu kommen und mir bei den Schulaufgaben zu helfen, wenn ich nicht mit dem Flunkern aufhöre, hat er durchgezogen."

Antonio kicherte: „Oh ja, das war ein denkwürdiger Tag, an den ich mich auch noch bestens erinnere."

„Sogar ein Schaf senkt mal die Hörner, wenn es ihm zu bunt wird", blinzelte Angelo, seiner frisch Angetrauten mit dem Zeigefinger auf die Nase tupfend, wie früher, als sie noch ganz klein gewesen war.

Die kuschelte sich an und imitierte den Tonfall von damals: „Ich will brav sein."

„Inzwischen glaube ich das sogar!", lachte Lea.

Dass am nächsten Morgen nicht nur auf den Titelseiten der regionalen Zeitungen die Adelshochzeit das Hauptthema war, war zu erwarten gewesen. Natürlich auch, dass Bilder der Familien die Runde machten. Und die Reporter rätselten, wer die hübsche Dame an Giordanos Seite gewesen sein könnte.

„Wenn es nicht völlig unmöglich wäre, weil sie seit Jahren in Deutschland ist, würde ich sie glatt für Aurelia halten", murmelte Vater Gallo.

„Ich kann mir auch nicht vorstellen, dass sich ein Conti für eine völlig unbekannte Schmuckdesignerin interessiert", überlegte der Bruder laut. „Dort kommen doch immer Geld und Ansehen zu Geld und Ansehen."

Giordano machte sich gleich nach dem Frühstück auf den Weg, um Aurelia abzuholen. „Was meinst du? Passt das Outfit?", fragte sie zweifelnd.

Giordano lachte herzlich. „Aber so was von! Du gehst weder zum Ball noch zu einem Geschäftstermin. Meine Ma steht auch total auf dünne Nesselstoffe."

„Wirklich?!"

„Wirklich!" Giordano half ihr beim Einsteigen und schloss die Autotür.

„Ein bisschen aufgeregt bin ich schon", seufzte Aurelia, mit dem Wissen, dass er ihre Verbindung erst vor ein paar Tagen seiner Familie bekanntgegeben hatte.

Giordano lachte. „Warum. Wir kochen auch nur mit Wasser und manchmal mit Wein. Du musst dich nun wirklich nicht verstecken. Schon gar nicht als angehende Meisterin. Wenn in deiner Familie neue Ideen verpönt sind, heißt das nicht, dass es bei uns genau so sein muss, auch wenn die Ahnenreihe Jahrhunderte zurück nachgewiesen werden kann." Er parkte den Maserati direkt vor der Haustür.

Über Leas Gesicht huschte bei der Begrüßung ein besonders fröhliches Lächeln. Sie trug ein Nesselkleid in exakt der gleichen Farbe, die Aurelias Hosenanzug hatte. „Ach, schau an, Seelenschwestern", schmunzelte Giovanni, Aurelia herzlich willkommen heißend.

„Espresso, Cappuccino?", fragte Lea in die Runde.

„Wie immer", antworteten die Männer. Aurelia schien zu zögern. „Cappuccino, bitte."

Lea blinzelte. „Italienisch, die deutsche Version mit Kakao und oder die österreichische mit Amaretto und Schlagsahne? Ich nehme die mit Amaretto."

„Ich bitte auch", strahlte Aurelia. Sie hatte sich in den letzten Jahren in Deutschland einige Eigenheiten angewöhnt, mit der man Vollblutitaliener in den Wahnsinn treiben konnte. Möglich, dass auch das ihren Bruder abhielt, sie in seine Firma zu integrieren.

Lea servierte vergnügt die Heißgetränke. „Bei mir kommen auch mal Spaghetti mit Emmentaler Reibekäse und Ketchup auf den Tisch. Warum sollte es also, zu hier so ungewöhnlichen Zeiten, nur italienischen Cappuccino geben?"

Giovanni lachte herzlich, als er Aurelias kaum merkliches Nicken gewahrte. „Ich habe mich schnell daran gewöhnt. Wo Kreativität gedeihen soll, muss schließlich auch ein Quäntchen Wahnsinn gepflegt werden."

Die Frauen sahen sich an und stimmten in das Lachen ein. Giordano rieb sich stumm die Hände, was die nächste Lachsalve initiierte.

Aurelia erzählte auf Nachfrage ein bisschen über sich und wie es dazu gekommen war, in Deutschland ein Meisterstudium zu machen. „Jetzt müsst ihr uns aber noch verraten, wie ihr euch überhaupt kennengelernt habt", bat Lea.

Giordano nahm Aurelias Hand. „Ihr habt doch sicher noch im Gedächtnis, dass ich vor etwas mehr drei Jahren auf dem Weg zu Vaters Weinberg bei einem Oldtimer Pannenhelfer gespielt hatte und ölverschmiert bis über die Ohren hier angekommen war. Da hat es am Ende nicht nur bei der Zündkerze gefunkt gehabt. Seitdem führen wir eine Fernbeziehung. Und wörtlich genommen, saß mein Glück auch auf der Mauer, wie deins", blinzelte er seinem Vater zu. „Nämlich wie ein Häufchen Elend, neben einem Auto, das keinen Mucks mehr von sich gab. Dass sie ebenfalls Schmuck designt, habe ich Wochen später erfahren."

„Jetzt geht mir auch ein Licht auf, warum du immer in der Hauptsaison Urlaub nimmst!", rief Giovanni. „Weil da in Deutschland Studienferien sind!"

„Richtig", gab Giordano zu. „Nun versteht ihr sicher auch, aus welchem Grund ich wegen einer zusätzlichen Tür zum zweiten Wohntrakt gefragt habe", fügte er leise hinzu. „Ich hoffe, dass Aurelia, wenn sie Meisterin ist, nach Siena zurückkommt und sich überzeugen lässt, bei mir einzuziehen, falls ihr uns eines Tages die Genehmigung erteilt."

„Ich wüsste sogar eine Werkstatt, in der sie ihre kreativen Ideen umsetzen könnte", gab Lea bekannt. „Vielleicht passen die ja in unsere Konzepte besser als in die ihres Bruders. In der Verkaufsvitrine von Angelo ist jedenfalls Platz für zwei Designerinnen."

„Und in unseren eigenen auch", setzte Giovanni hinzu. „Wegen einer Firmenanmeldung ist Antonio der richtige Ansprechpartner."

Aurelia legte mit riesengroßen Augen beide Hände an die Wangen. Die Herzlichkeit, mit der man sie gestern angenommen hatte, setzte sich nahtlos fort.

„Geht am besten gleich mal runter", schlug Giovanni vor.

Aurelia blickte sich verzückt in Leas Werkstatt um.

„Schauen Sie, direkt hier am Tisch, unter der Absauganlage, kann ein zweiter fester Arbeitsplatz eingerichtet werden. Ansonsten sollte es doch keine Hürde sein, vorhandene Schmelztiegel für Edelmetalle, Schleifgeräte oder andere elektrische Geräte gemeinsam zu nutzen. Auch zwei große Sortierschränke hätten problemlos Platz." Lea zeigte an die Wand, wo nur die Schneiderpuppen standen.

„Ich brauche nur einen Schrank, wenn er so riesig ist, wie Ihre sind. Ansonsten bin ich sprachlos", hauchte Aurelia mit strahlenden Augen.

„Na, wie stehen die Chancen, eine zweite Künstlerin in diesem Haus werkeln zu sehen?", fragte Giovanni.

Aurelia lächelte selig. „Bei 100 Prozent."

„Das sind doch richtig gute Nachrichten", rieb sich Giordano die Hände. „Setzen wir noch eine

oben drauf. Möchtest du meine Frau werden?"
Er stütze sich auf ein Knie, ihr ein geöffnetes
Ringetui entgegenstreckend.

Aurelia fasste sich ans Herz, schluchzte auf,
fiel ihm mit Freudentränen um den Hals und
flüsterte mehrmals: „Ja, ich will!"

Giovanni zog Lea in seine Arme. „Wie sagte
einst Antonio? Was ein Conti hat, gibt er nicht
mehr her."

Giordano nickte darauf ganz heftig, wirklich
mühsam seine völlig aufgewühlte Traumfrau
beruhigend, der immer wieder Tränen über die
Wangen kullerten. Besonders als sie den brillant-
geschmückten Verlobungsring erkannte. Es war
jener, den sie für einen charitativen Designer-
wettbewerb gefertigt hatte, und der als Sieger-
Ring für eine schier unglaubliche Summe ano-
nym ersteigert worden war. Nun wusste sie
auch, von wem.

„Wie war das mit den Geheimnissen?", witzelte Giovanni, Aurelia vergnügt zublinzelnd.

Giordano grinste breit. „Hochzeitsfeier in
zwei Wochen im Campo Regio?" Auf das freudige Ja aller drei, zückte er sein Smartphone, um
bei Angelo weit offene Türen einzurennen.

„Nun lege ich auch gleich das Du für alle fest,
sonst wird es mir zu unübersichtlich", lachte
Giovanni. „Zudem gehörst du seit gerade eben
sowieso zur Familie."

Alle nickten begeistert.

„Müsst ihr heiraten?", fragte Benedetta, erstaunt über das rasante Tempo.

Giordano lachte herzlich. „Ja, damit sie mir keiner vor der Nase wegschnappt."

„Verrückter Kerl", amüsierte sich Aurelia.

Lea schüttelte belustigt den Kopf. „Frohsinn ist also auch weiterhin in diesen alten Mauern garantiert."

Giovanni grinste breit. Er hatte soeben ähnlich gedacht. „Ich bin auf die Augen deiner Familie, besonders deines Bruders, gespannt!"

„Na, ich erst!", kicherte Aurelia. „Die sind völlig ahnungslos, dass ich schon lange was mit Giordano am Kochen habe. Großvater ist der Einzige, dem gegenüber ich eine Andeutung gemacht hatte, und der blinzelte mir nur verschwörerisch zu, wobei er sich die Hände rieb."

„Das passt zu ihm", schmunzelte Lea. „Wir haben ihn alle sehr gemocht."

„Ach, wisst ihr was? Wir geben gleich morgen Verlobung und Trautermin der Presse bekannt!", rief Giovanni. „Natürlich nur, wenn von euch beiden grünes Licht erteilt wird."

„Wird es", sagte Giordano nach kurzem Blickwechsel mit Aurelia. „Ihr wird ein bisschen Publicity den richtigen Aufwind geben, damit sie hier voll durchstarten kann, sobald sie ihren Meister in der Tasche hat. Ein Deutscher Handwerkstitel gilt unter Kennern auch heute noch richtig viel."

„So ist es, meine Lieben", strahlte Lea.

„Die Einladungen zur Feier schreibe ich auf handgeschöpftes Papier, wie du es damals gemacht hast", wandte sich Giordano an seinen Vater. „Dann weiß die liebe zukünftige Verwandtschaft, was sie zur Hochzeit erwarten wird."

Lea begann zu erzählen, wie geschockt damals ihre Eltern gewesen waren, als ihnen die hochherrschaftliche Hochzeitsankündigung ins Haus flatterte. „Es war heilsam für die Familienverhältnisse."

„Möge es bei mir die gleiche Wirkung haben", seufzte Aurelia.

„Ich denke schon", merkte Giovanni an. „Es ist eine Demonstration, wie gut man auch ohne das Wohlwollen der anderen leben kann. Ich habe jetzt bewusst nicht das Wort Machtdemonstration verwendet. Die werden die Empfänger ohnehin spüren, wenn ihnen klar wird, wen du heiratest."

Aurelia musste lachen. „Das gönne ich ihnen von ganzem Herzen."

„Aha, du hast also auch so eine kleine brutale Ader wie Lea", witzelte Giovanni, worauf beide Frauen mit hochgezogenen Augenbrauen die Schultern hoben. Vater und Sohn lachten herzlich.

Paukenschläge

„Da ... da ... das gibt es doch nicht!", hörten die Gallos Vico völlig perplex bis ins Haus rufen, als er die Zeitung aus dem Briefkasten nahm.

„Hast du im Lotto gewonnen?", fragte seine Mutter.

Vico schüttelte den Kopf, um ihnen wortlos das Titelblatt entgegenzuhalten.

„Oha, ooohaaa!" Vater Vittorio fasste sich an den Kopf, während die Mutter beide Hände an die Wangen legte. „Sie war es also doch!", flüsterte er, auf die Zeitung von der Adelshochzeit deutend, gleichzeitig die kurze Bekanntgabe der Contis zur Verlobung und des Trautermins ihres Sohnes, unter der fetten roten Überschrift im aktuellen Blatt, mit den Augen verschlingend.

„Ihr wisst aber jetzt schon, dass ihr euch selbst Konkurrenz geschaffen habt?", warf die Mutter im Tonfall einer provozierenden Frage ein.

Beide Männer zuckten reichlich hilflos mit den Schultern. Sie hatten nicht geahnt, dass Aurelia nicht auf Knien angekrochen kommen werde, um doch noch in das kleine, aber gut gehende Familienunternehmen einsteigen zu dürfen. Der Schock über die Tagesnachrichten saß jedenfalls tief.

Aurelia erfüllte inzwischen die Bitte Giordanos, sich wegen des Brautkleides und des Schmucks ganz nach den Familientraditionen zu richten, in allen Punkten. Sie hatte bei der Hochzeit der jungen Riccis riesengroße Augen bekommen und sich mit den Contis die Videos von deren großem Tag angeschaut. Es war klar, dass der Medienrummel genau so groß sein werde, wenn Giordano seine Angebetete zum Traualtar führen werde. Besonders gut für den Start als neue Juwelierin in ihrer Heimatstadt. Man werde sie ab sofort genau so beobachten, wie alle Mitglieder der Familie Conti.

Da Mutter ein brillantgeschmücktes Kleid getragen hatte, setzte Giordano auf Stickereien aus Echtgold sowie Perlenbesatz. Giovanni tauchte mit ihm in den Tresorkeller ab, um die Sache perfekt zu machen. Giordano zog das Bild vom Kleid hervor, ohne es seinem Vater zu zeigen. Beide wählten den uralten Schmuck zur Augenfarbe der zukünftigen Trägerin passend aus.

„Es ist zudem ihre Lieblingsfarbe", verriet Giordano überaus zufrieden.

Giovanni lachte herzlich. „Ich habe es vermutet, bei dem, was sie alltäglich trägt."

„Sie kennt zwar das Kleid, hat aber keine Ahnung, dass es nun nicht mehr schlicht weiß ist", blinzelte Giordano. „Du weißt ja, ich liebe Geheimnisse über alles."

„Wem sagst du das", grinste Giovanni. „So, nun noch schnell dein Gewand ausgesucht!"

Dass Giordano nach etwas fassen werde, dessen Samt und Seide perfekt zur Farbe des Schmucks passte, war klar gewesen. Als Giovanni ein uraltes Schwert mit goldgeschmücktem Gehänge sowie eine breite Herzogskette mit Edelsteinen dazulegte und sagte: „Ab dem Tag deiner Trauung wird dies dir gehören", war auch Giordano sprachlos. „Ich liebe Geheimnisse genau so sehr", lachte sein Vater. „Schließlich bist du der Stammhalter eines unglaublich alten Geschlechts, was die Medien nun richtig ausschlachten können. Ach, ich freue mich auf den Rummel!"

„Ich mich auch!", gab Giordano zu. „Besonders darauf, dass Ma wieder mit ihrer Sonderedition zum Fest für Aufsehen sorgen wird. Angelo hockt schon im Startloch, den speziellen Wein echt mittelalterlich aus einem Fass kredenzen zu können."

„Sie hat mir nicht mal verraten, wie die Etiketten diesmal aussehen werden", beschwerte sich Giovanni scherzhaft.

Giordano zuckte fröhlich mit den Schultern. „Sie hütet halt Geheimnisse genau so gut."

Sichtbar zufrieden stiegen sie wieder zu den Wohnräumen hinauf. Der Trauungstermin so kurz nach dem Pferderennen werde dafür sorgen, dass ihre Contrada sehr viel länger geschmückt sein werde, als sonst. Es war recht schnell mit allen Verantwortlichen gemeinsam beschlossene Sache, den offiziellen Fahnen-und-Girlandenschmuck bis drei Tage nach dieser plötzlichen zweiten privaten Feier hängen zu lassen.

Am Hochzeitsmorgen herrschte freudige Aufregung im Hause Conti. Giordano hatte Aurelia mit der Morgengabe völlig überrascht. Sie hatte nicht geahnt, historischen Schmuck mit jahrhundertealtem Hintergrund zu bekommen. Die Visagistin hatte Mühe, die Braut wirklich perfekt zu schminken, weil dieser immer wieder Freudentränen über die Wangen rannen. Die Schleppenträgerinnen, dieselben, die auch für Benedetta diese Aufgabe übernommen hatten, und wussten, was zu tun war, trafen pünktlich ein. Der Hairstylist platzierte nach dem aufwändigen Frisieren gekonnt das tiefblau funkelnde Saphir-Diadem und den perlenbestickten Schleier. Ohrringe, Collier und Armband wurden angelegt. Dann gab der Stylist das Zeichen, fertig zu sein.

Antonio, der wieder die Schlüsselgewalt hatte, bat sofort, den Brautzug zu formieren. An der Tür übergab er Aurelia den herrlichen Brautstrauß aus dunkelroten Rosen. Alle nahmen ihr Positionen ein, die Mädchen überprüften noch einmal, dass die Schleppe perfekt saß.

Antonio und Manuele machten die Bahn frei für die wunderschöne Braut mit ihrem großen Gefolge. Und wie auch bei Benedetta zogen die Nachbarn und Tagestouristen in Scharen hinterher, um das Spektakel zu genießen. Aurelias Familie wartete, beinahe verschüchtert vom Pomp, der ihrer Tochter zuteil wurde, auf der Treppe zum Haus der Drachencontrada. Als Aurelia schließlich im Blitzlichtgewitter der Touristen und Pressevertreter den Vorplatz erreichte, Fanfaren erklangen und die Fahnenwerfer in Aktion traten, glaubte Aurelias Mutter, vor Aufregung gleich ohnmächtig zu Boden zu gehen. Der Vater übernahm es mit weichen Knien, seine hübsche Tochter ihrem zukünftigen Mann am Altar zuzuführen. Klar dass auch da Aurelias Augen mühlradgroß wurden, weil ihr Giordano in der Tracht der Herzöge gegenüberstand.

Spätestens jetzt hatte es ihr Bruder Vico begriffen, dass sie es nicht nötig hatte, ihn auf Knien anzuflehen. Man kannte Lea Conti, die inzwischen so viele Absatzmärkte und vor allem Möglichkeiten erschlossen hatte, dass er sich in Zukunft strecken müsste, wollte er Schritt halten, sobald Aurelia in das Geschäftskonzept der Contis einstieg. Dass sie es mit Dankbarkeit und Begeisterung tun werde, stand schon seit der Verlobung außer Frage.

„Ja, so kann es gehen", blinzelte Benedetta Angelo zu, die das Mienenspiel des jungen Mannes sehr genau beobachtet hatte. „Gut platzierter Treffer für Team Conti."

„Zudem weiß seit seinem grandiosen Palio-Auftritt selbst jedes Kind in dieser Stadt, dass Giordano ein begnadeter Befehlshaber ist, der es nicht nötig hat, sich in irgendeiner Weise hinter der Familie zu verstecken", erklärte Angelo mit genüsslichem Grinsen.

Dann deutete er mit dem Kopf auf den mittelalterlichen Herold mit der Schriftrolle, der im Auftrag der Hochzeiter verkündete, dass ab diesem Augenblick die limitierte Sonderedition des Festweins in den Läden zu haben sei.

„Halten Sie nach kleinen braunen Glasfässchen Ausschau, die ein Etikett mit den verschlungenen Initialen L und C tragen!", rief er.

„Geheimniskrämerin!", schnappte Giovanni, dem der neue Coup seiner Gattin ausnehmend gut gefiel, genau wie die Idee, den Wein bei der Feier aus dem Holzfass zu zapfen.

Dass Lea für jeden, der als Gast an der Hochzeit teilnahm, ein Exemplar der neuen Kreation parat hatte, war klar. Die Fässchen der kleinen Schleppenträgerinnen waren mit rotem Traubensaft gefüllt.

Familie Gallos Augen wurden immer größer, wie selbstverständlich Aurelia an allen uralten Ritualen der Contis teilnahm. Mit wie viel Herzlichkeit sie von Schwiegermutter und Schwägerin bedacht wurde. Giordano hatte aus dem Stegreif gleich noch ein neues Highlight ausge-

heckt. Beim Hochzeitstanz nach dem Schreit-
tanz wechselten die beiden Conti-Paare mit den
Riccis und Carraras jede halbe Saalrunde die
Partner während einer Drehung.

„Ich will auch mal!", beschwerte sich der
Bürgermeister scherzhaft bei Giordano, der
herzlich lachend seine frisch angetraute Gattin
für einen Walzer herausrückte, wie es Giovanni
grinsend bezeichnete.

Natürlich hatte auch der Bürgermeister eine
kleine Rede vorbereitet, in der er seine große
Freude ausdrückte, dass mit Aurelia eine bereits
mit internationalen Preisen bedachte junge
Schmuckdesignerin bald für immer nach Siena
zurückkehren werde. Er nannte vier Veranstaltungen, auf denen sie für Furore gesorgt hatte.

Nun klappte Vico endgültig der Unterkiefer
auf den Schoß. Er hatte wirklich keine Ahnung
gehabt, dass Aurelias ungewöhnliche Kreationen
schon so großes Aufsehen erregten. Benedetta
und Angelo wechselten einen langen genüssli-
chen Blick. Ihre Verkaufsvitrine werde die erste
sein, die den aparten Schmuck präsentierte.

Genau das gab Giordano soeben bekannt, als
er sich herzlich für das Wohlwollen von Seiten
der Contrada und der Stadt bedankte. Aurelias
Lächeln konnte man nun schon fast selig nennen.

„Tja, ab und zu sollte man halt auch über den
Tellerrand schauen", wisperte Lea Giovanni zu,
zufrieden lächelnd nickend und für alle sichtbar

Aurelias Hand streichelnd, die neben ihrer auf dem Tisch ruhte.

Die Gallos bemühte sich seit der Trauzeremonie auffallend, den schief hängenden Familiensegen wieder gerade zu rücken. Besonders nach den Worten des Stadtoberhauptes. Aurelia nahm die Offerten huldvoll an. Sie wusste, dass sie mit dem gesamten Conti-Clan im Rücken die besseren Karten hatte. Contis, Riccis und auch Carraras grinsten sich eins.

Am nächsten Morgen überboten sich die Gazetten, Rundfunk und Fernsehen mit Meldungen über die Traumhochzeit und speziell die junge Frau Conti, die erst seit der Verlobung so spektakulär ins Rampenlicht getreten war.

Darin ging es für die breite Masse schon beinahe unter, dass Pietro zur fast gleichen Zeit wegen versuchten Mordes, einhergehend mit schwerer Körperverletzung, an Angelo sowie vieler weiterer Delikte in Sachen Ricci/Conti zu einer langjährigen Haftstrafe verurteilt worden war. Wahrscheinlich wirkte noch immer das Schweigegeld seines Vaters.

„Jetzt kann ich wirklich aufatmen, dass er dir und allen anderen nichts mehr tun kann", seufzte Angelo, als ihnen Antonio die gute Botschaft überbrachte, Pietro säße bereits hinter Gittern. Er küsste Benedetta zärtlich und öffnete sofort für den kleinen Familien-und-Freundeskreis, also Conti, Carrara und Ricci den teuersten Sekt nach Champagnergärung, den Giovannis Kellermeister je kreiert hatte. Das verursachte selbst Giovanni beinahe Schnappatmung. Die schwindelerregende Höhe des Preises bezeichnete Angelo der Last der Sorgen angemessen, die mit einem Schlag von ihm abgefallen waren, als Pietro endgültig und buchstäblich ein Riegel vorgeschoben worden war. Er betrachtete lächelnd das perlende Meisterwerk in seinem Glas. „Auf eine glanzvolle gemeinsame Zukunft!"

„Genau so wird es kommen!", orakelte Giovanni salbungsvoll, mit strahlendem Blick die Versammelten überfliegend. „Ganz genau so! Denn Angelo hat noch nie ein Versprechen gebrochen. Prost!"

ENDE

Mehr Informationen zu meinen Büchern
(gedruckte Version, E-Book oder Hörbuch)
unter: www.sinas-drachen.com

Teil 1   **Teil 2**

Teil 1   **Teil 2**

Teil 1 **Teil 2** **Teil 3**

Teil 1 **Teil 2**

FSC
www.fsc.org

MIX

Papier aus ver-
antwortungsvollen
Quellen
Paper from
responsible sources

FSC® C105338